엄 선생의
작문시간

엄 선생의 작문시간

초판 1쇄 발행 2023년 1월 20일

지은이 엄대용
펴낸이 이기봉
편집 좋은땅 편집팀
펴낸곳 도서출판 좋은땅
주소 서울특별시 마포구 양화로12길 26 지월드빌딩 (서교동 395-7)
전화 02)374-8616~7
팩스 02)374-8614
이메일 gworldbook@naver.com
홈페이지 www.g-world.co.kr

ISBN 979-11-388-1562-8 (03810)

동시대(同時代) 생활인에게 전하는 진솔한 메시지

엄 선생의 작문시간

嚴 先生의 作文時間

엄대용 지음

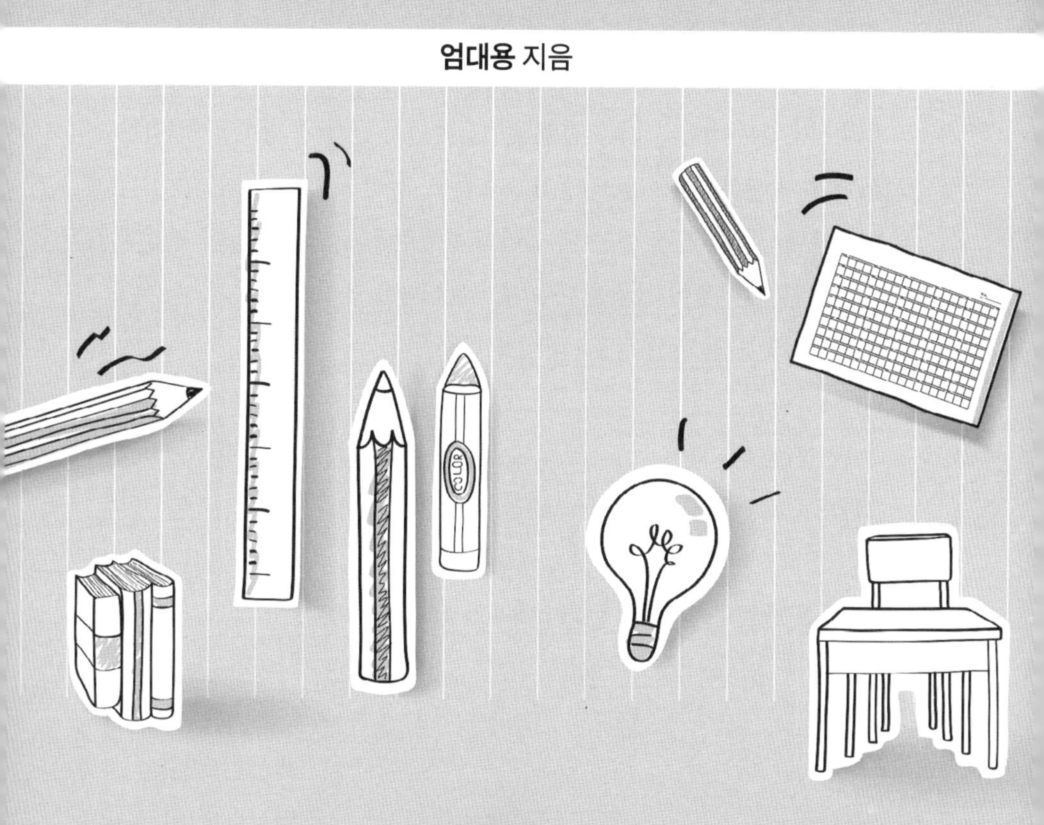

좋은땅

| 발간사 |

오랜만에 독자님들 곁으로 다가가서 네 번째 수필집『엄 선생의 작문시간』을 세상에 선보인다. 그동안 발간했던『옐로카드 받는 학교』,『호학선생의 창』,『교육 강국 그 길에는』세 편의 교육 수필에 독자님들께서 많은 관심과 큰 사랑을 듬뿍 주심에 감사의 인사를 드린다.

책을 발간할 때마다 두려움이 전신을 지배함은 독자님들의 관심과 예리한 서평에 홍조 띤 얼굴 들지 못하고 도피처를 찾아 숨고 싶은 심정이 밀려오기 때문이다. 그러나 집필을 거듭하면서 글 전개 방향을 정론(正論) 원칙과 실화와 픽션을 적절히 조합하고 유머나 위트 기지를 섞어 책을 읽음에 지루함을 없애는 데 집필의 주안점을 두면서 마음이 편안해짐을 느낀다. 더불어 난필을 다듬어서 깔끔함을 유지하고 글의 성공 여부를 결정짓는 언어 선택에도 심혈을 기울인다.

나는 책을 낼 때마다 인간의 무의식을 발견한 심리학의 대가(大家) 지그문트 프로이트(Sigmund Freud)를 떠올린다.

그것은 무의식 속에 숨어 있는 내재된 상처 때문이다.

첫째는 초등학교 시절 작문 시간에 내가 쓴 글이 글 제목과 내용이 빗나가고 어긋났다는 선생님의 꾸중으로 작문과 담을 쌓는 아픈 상처의 계기가 되었다.

둘째는 상아탑 시절, 대학 신문인 〈기서학보〉 기자 시험에 응시해서 나름대로 글재주를 부렸지만 낙방한 것이 또 하나의 크나큰 상처로 젊은 가슴을 후벼 팠었다.

그러나 칠전팔기의 오뚝이 근성(根性)은 누구나 있기 마련이다. 그 후 심기일전해서 메모하고 글쓰기를 습관화하면서 글에 살이 붙고 피가 흐르기 시작함을 느끼면서 일취월장을 꿈꾼다.

우리는 생(生)에 단 한 번, 다시 없는 삶의 과정을 겪으며 생각의 양과 질을 무의식 속에 적립한다. 그리고 값진 경험의 결과로 얻어진 글의 소재들을 집필 과정을 통해 독자님에게 전달한다. 그 보석처럼 빛나는 이야기들이 지워지고 묻혀 버린다면 큰 손실이다. 또한, 후세들에게 삶의 낭만과 지혜와 가치를 공유하며 그들이 펼쳐 갈 세상에 디딤돌을 놓는 역할도 해야 한다.

작가를 흔히 언어의 마술사라고 부른다. 그것은 작가는 인간이 만든 특허품인 언어를 매개로 책의 세계를 자유롭게 넘나들면서 메시지를 전달하는 역할을 하기 때문이다. 그리고 생각, 사상, 느낌 등을 나름대로 펼쳐 가면서 희(喜)·로(怒)·애(哀)·락(樂)을 독자들과 함께 공유한다.

작가는 죽은 언어의 세계를 그리기보다는 팔팔 뛰는 비린 생선처럼 생동감이 넘치는 언어를 선택하는 것이 독자 곁으로 가까이 다가가는 지름길이라고 생각하며 작문 시간을 열어 갈 것이다.

픽션(fiction)의 세계는 허구일 수도 있지만, 진심이 담길 수도 있는 가변성(可變性)을 가진다.

이 수필집이 세상에 나오기까지 조언을 해 준 지인들과 발간하는 책마다 사랑을 가득 주시는 독자님들께 다시 한번 감사드리고 출판을 쾌히 승낙한 좋은땅에도 고마움을 전한다.

2022년 여름날 바닷가에서
지은이 엄대용

차 례

제2장 인간관계의 미학(美學)

제3장 생애(生涯) 남겨야 할 것들

제1장

나의 발견 그 기쁨

1. 하늘 산책

하늘은 신의 공간이다. 하늘은 청정무구하고 광활한 공간으로 天人과 천사들이 맘껏 유영을 즐길 수 있는 환희의 나라이다.

하늘은 인간의 접근을 불허하며 모든 것은 대외비(對外秘)라서 상상으로만 짐작이 가능한 곳이다. 하늘이 개방적이지 않고 폐쇄적인 이유는 하늘을 낱낱이 공개하면 인간의 상상력은 소멸되어 삶의 흥미를 잃게 되기 때문이다. 또한, 권선징악도 의미 없는 단어가 될 위험도 있다.

하늘은 생로병사와 길흉화복이 존재하지 않는 전설적인 공간이다. 사람들은 천당이나 극락세계는 하늘 어딘가에 무릉도원보다 더 환상적인 공간으로 존재한다고 굳게 믿는다.

천주교, 기독교, 불교, 이슬람교를 믿는 사람은 사후세계의 존재를 인정한다. 그들은 소망인 본향에 들어가기 위해 선과 악을 구분하면서 신의 세계를 향해 발걸음을 재촉한다. 그들에게 기도는 본향을 향한 소망의 표현이기에 언제나 간절함이 담겨 있다.

유교는 인(仁)을 바탕으로 인간 내면에 존재하는 도덕성에 주목한다. 유교는 내세(來世)의 영원한 삶을 기대하지 않고 죽음의 문제는 삶 속에서 논의되어야 한다는 입장이다.

나이가 들면서 고개를 들어 하늘을 응시하는 날들이 자꾸만 늘어만 간다.

'사람이 이승의 가시밭길이었던 삶을 끝내고 가는 곳은 어디일까?'라는 물음에 대한 답은 알쏭달쏭하다는 것이 모두의 중론이다.

죽음을 우리는 흔히 '소천한다.', '귀천한다.', '승천한다.'는 말을 한다. 또한, 죽음은 장소적 이동일 뿐이라는 말로 위로를 받기도 한다.

영혼은 지상을 떠나 하늘을 향함이 분명하고 그건 정설로 부인하기 어렵다. 다만 영혼은, 시간도 거리도 속도도 만남도 초월하는 작은 신이 되어 이승에서 구경하지 못한 우주 공간을 끝없이 떠다니며 유영을 계속하면서 상상의 나래를 펼쳐 볼 뿐이다. 그리고 그곳은 맑고 깨끗하며 시작과 끝이 없는 무릉도원일 것이라는 기대를 한다. 그곳은 이승 사람으로는 그 누구도 경험하지 못한 죽음의 세계에 대한 막연한 추리나 상상일 뿐이다.

하늘을 바라볼 때마다 해와 달과 별을 마음에 가까이에 두고 위로를 받는다. 해와 달과 별은 신의 계시를 받고 움직이는 하늘의 지배자일 것이다.

해는 무소불위(無所不爲)의 권력을 가지고 낮을 지배하고, 달과 별은 꿈과 희망을 나눠 주며 감성의 밤을 지배한다. 해는 낮에 그 위력을 과시하지만, 어둠이 대지에 깔리면 달과 별에게 자리를 물리며 실컷 놀라고 배턴 터치를 해 준다. 해와 달과 별은 같은 공간에서 가족이나 진배없이 가까우며 서로 아련한 정을 나누면서 아름다운 하늘 공간을 만든다.

나는 하루 세 끼 밥 먹듯이 해와 달과 별에게 눈길을 주며 하고 싶은 말로 마음을 내보이고 위로를 받기도 하며 벗처럼 수다를 떨기도 한다.

우리는 아름다운 하늘 아래서 살아가는 사람들이라 해와 달과 별을 남녀노소 가릴 것 없이 모두 좋아하고 사랑한다.

때때로 세 친구 중에 어느 한 친구를 선택하여 마음에 담고, 구구절절 많은 소망과 바람을 메시지로 전달하기도 하고, 두 손 모아 기도하면서 애절함을 전하고 간절한 도움을 손짓하기도 한다.

예전에 우리 어머니들은, 해와 달과 별에게 정화수(井華水)를 떠놓고 손바닥을 싹싹 빌며 자식들의 안녕과 소원 성취를 간절히 기원했다. 나약한 인간이기에 천지신명께 매달리며 도움을 청함은 우상 숭배라기보다는 자연스러운 인간 행동의 발현이라고 생각된다.

하늘의 해와 달과 별은 독보적 위치에 있으면서 상호 보완적 관계를 유지한다. 그들이 은밀하게 주고받는 밀어를 우리는 알아들을 수 없다. 그렇지만 의미 있는 교감을 나누면서 역할을 분담하고 실행을 해서 우리가 눈치채지 않게 그들의 삶을 이어 간다. 해와 달과 별은 서로 어깃장을 놓지 않고 죽이 척척 잘도 맞는 짝꿍들이다.

해는 온 세상을 쥐락펴락할 수 있는 자연계의 제왕이다. 해의 힘 자랑에는 달과 별 모두 상대가 되지 않는다. 해가 쏘아 대는 빛의 에너지는 생명체가 살아가는 데 기본이고 자람의 묘약이기에 누구도 그 역할을 흉내 내지 못한다.

자연에서 친숙한 이들은 서로 대적하지 않고 으르렁대지도 않는다. 저마다의 위치에서, 억겁의 시간 속에서도 오묘한 균형을 깨뜨리는 심술을 부리지도 않고, 저 혼자 쉼을 추구하려 들지도 않으며 각자의 맡은 역할을 다 한다.

우리 몸의 심장을 비롯한 여러 장기(臟器)들이 팔구십 년 동안 휴식도 없이 역할 수행을 완수함에 우리는 감탄하고 큰 박수를 보낸다.

해와 달과 별은 힘의 원천이 어디에서 용솟음치는지, 수억 년을 지침도 피로감도 없이 온 인류의 연인이 된다. 그리고 자기들끼리 밀어를 귓속말로 나누며 생명의 끊김도 없이 친밀감을 유지해 간다.

마음에 안 든다고 빵덕어멈 팥죽 끓듯 요리조리, 이리저리 왔다 갔다 변덕 부리지도 않는다. 심술부림도 없고 짜증도 부리지 않으며 힘이 든다고 푸념도 내뱉지 않는다. 누구에게나 똑같이 차별도 하지 않는 인고의 천인(天人)들이다.

밤하늘을 화려하게 빛내는 은하수를 비롯한 별들은 아이들의 다정한 친구이고 작가들의 글 소재로 단골손님이다.

어린 시절 윤석중 작사, 모차르트 작곡의 〈작은 별〉 노래를 읊조려 본다. (naver 작은별 나무위키 참조) 이 동요를 작곡한 모차르트는 프랑스 지방을 여행 중 민요 〈아, 말씀 드릴게요, 어머니〉라는 곡을 듣고 피아노 변주곡으로 〈작은 별〉 곡을 삽입했다고 전한다.

생명체가 살아 움직일 수 있는 환경을 가진 별은 지구 말고는 존재하지 않는다. 그런데 그것은 가정(假定)이지 꼭 그렇다고 단정할 수는 없다. 또 다른 태양계가 존재할 수 있다는 것은 가정(假定)을 뛰어넘어 현실화하고, 입증할 날도 그리 멀지 않은 것으로 천문 과학자는 예상한다.

달은 아이들에게 신비의 대상이고 꿈의 단골손님이다. 우리도 어린 시절 어둠이 깃들면 중천에 떠오르는 달을 가리키며 환호성을 외치곤 했다. 밤하늘의 어둠을 살라 먹는 달과 친구가 되고, 소망을 들어주는 신(神)도 되고, 방아 찧는 산토끼도 보고팠던 시절이다.

달은 지구의 하나밖에 없는 위성이다. 늘 지구를 따라 다니며 낭만, 환상, 그리움, 신비로움을 우리에게 전설로 이야기한다. 지구와 달은 부부 관계처럼 가깝고도 먼 당신이다.

달의 생성 전설은 지구 압력에 의해 포획되었다는 설과 지구에서 분리되어 떨어져 나가 지구를 그리워하며 곁에서 돌고 있다는 설도 있다.

시성(詩聖) 이태백에게 달은, 유희(遊戲)의 존재이고 무욕(無慾)의 존재였다. 이태백에게 달은, 신선들이 갖고 다니는 '마력이 있는 거울'이라고도 생각했다고 한다.

달은 초승달, 상현달, 보름달, 하현달, 그믐달로 변신을 거듭하면서 우리에게 신비함과 더불어 즐거움을 더해 준다. 만약 달이, 지구가 싫어져서 없어진다면 또는 목성이나 토성의 위성으로 옮겨 간다면 어찌 될까 상상의 나래를 펼쳐 본다. 아마 모르긴 해도 지구는, 황량함과 쓸쓸함 그리고 허전함에 살아갈 희망을 잃는 비극의 땅으로 바뀔 것이다. 그러나 지구와 의형제를 맺고 끊임없이 지구를 따라다니는 달은 어떤 변신도 없다. 아니 둘은 연인인 양, 일정한 거리를 두고 마르지 않는 샘물처럼 사랑의 대화를 이어 오고 이어 갈 것이다.

하늘은 우리에게 많은 이로운 것들을 제공한다. 넓은 품으로 포용하고 대가를 바라지도 않으며, 묵묵히 아름다운 공간으로서 역할 수행을 하며, 우리 삶의 방향을 제시해 주기도 하고, 고뇌의 삶에 벗이 되어 주기도 한다.

신비로운 공간으로서 지친 영혼의 안식처이기도 한 하늘은, 우리 인간의 최종 목적지이며 사람답게 살아가도록 길을 열어 주는 길잡이이기도 하다.

미지의 세계에 대한 목마름이 우리에게 있듯이 하늘 산책의 의미는 더없이 특별하게 느껴지는 오늘이다.

2. 가시밭길 걸으며

사는 것이 가시밭길이라는 선인(先人)들의 말은, 맵고 짠 세상살이와 냉온(冷溫)을 경험하면서 터득한, 진솔하고 압축된 표현이다.

세상사(世上事)는 어느 것 하나도 만만한 것이 없고 갖가지 시련에 어지럼증을 감수하며 앞으로 뚜벅뚜벅 나아가야 하는 삶의 속성이 있다.

때로는 삶의 기쁨과 환희 그리고 아름다움을 느낄 때도 있어 작은 위로가 됨은 다행이다.

인생의 긴 여정이 굴곡 없는 탄탄대로라면 콧노래를 부르면서 여유를 즐기겠지만 내 맘대로 되는 것이 별로 없고 고난의 행군은 너나, 나나 무거운 짐 걸치고 힘들어하는 나그네들이다.

살다 보면 느닷없는 천둥 번개에 놀라서 눈이 휘둥그레지고, 거칠고 매몰찬 비바람에 몸을 움츠릴 때가 다반사이다. 별 것 아닌 일에도 태클이 걸리고 짙은 안개에 갈 길을 잃어 위험에 노출되기도 한다. 맥 놓고 뛰다 보면 날카로운 돌부리에 치여 피멍이 들 때도 있다. 또한, 갑작스레 병마에 시달려 생사가 오락가락하는 막다른 길목에서, 갈팡질팡하기도 하고 절망하기도 한다. 때때로 밀려오는 슬픔도 삭히기를 거듭하지만, 그 슬픔을 지우기도 쉽지 않고 아련함이 피어난다.

나의 삶을 돌아보니, 세상사가 스무고개 넘듯 알쏭달쏭하고 알 것 같으면서도 알 수 없는 미지의 세계를 향한다. 오르막길도 있고 내리막길도 있지만 내게는 고행 그 자체였다.

험준한 산길을 젖 먹던 힘 다해 어렵게 고개를 넘으면 깊이를 알 수 없는 냇가가 가로막아 전진과 후퇴를 두고 갈등을 겪는다. 그야말로 시시각각으로 모진 시련과 고난의 연속선 상에서 우리의 의지를 시험하고 판단을 강요하는 삶이 계속 이어진다.

모두가 당연시하면서도 두려워하는 생로병사(生老病死)는 지혜롭게 막을 방법 없이 숙명처럼 받아들여야 한다. 언제 닥칠지 모르는 길흉화복(吉凶禍福)에 대한 대비책도 미리 마련하고 준비도 꼼꼼하게 하여야 한다. 막상 일을 당하고 나면 어찌할 바를 몰라 당황스러움에 혼비백산을 경험할 경우가 많기 때문이다.

우리의 삶은 눈에 보이지 않는 어떤 프로그램 의해 수행될 뿐 내 의지는 거의 없다는 것은 나만의 생각이 아닐 것이다. 그저 우주의 섭리, 사회적 관습, 실정법과 규정, 사회 문화의 흐름, 인간관계 지식의 보유 정도 등이 얼키고설키면서 적응해 나감이 현명하고 올바른 선택이라고 느껴진다.

인생살이는 부(富)와 함께 순탄하기보다는 빈곤에 시달리고 병고에도 너와 내가 없다. 때론 생각지도 않는 행운도 찾아오지만, 어느 날 갑자기 이별하게 되고 불행이라는 질곡에서 오도 가도 못 할 경우도 비일비재하다.

인생살이는 그야말로 상전벽해(桑田碧海)처럼 빙글빙글 돌아가는 세상이다.

양지(陽地)가 음지(陰地)로 바뀌기도 하고 음지도 언젠가는 역전되어 양지로 바뀔 수 있다. 영원한 승자도 없듯이 영원한 패자도 없는 것이다.

만나면 헤어짐도 필수이고 생각지도 않은 순간에 죽음이 날 압박하고 불안하게도 한다. 평탄한 길만을 걸을 수 없는 것이 우리네 삶이지 않은가. 우리는 인생길 여행에서 맘껏 오고 가며 즐기다가 언젠가 시간이 멈추면 저승행 특급열차를 타기 위해 긴 줄을 서서 기다려야만 하는 슬픈 운명이다.

인간은 지적 빈곤이건 물질적 빈곤이건 관계없이 움켜쥐면 놓지 않으려는 마음이 있다. 하나를 얻으면 둘을 갖고 싶고, 둘은 열을, 열은 백을 손에 쥐려고 안간힘을 쓴다. 인간의 욕심은 끝을 모르고 달리기 때문이다.

내 곁에는 부(富)의 달인이라 일컫는 지인이 있는데, 곳간에 재물을 쌓아 두면 자물쇠를 채워 아무도 그곳에 접근하지 못하게 한다. 그가 젊은 시절 돈을 벌 때는 점심밥 대신 물을 먹어 공복의 배를 채웠다고 경험담을 늘어놓으며 가난했던 시절의 고생담을 펼친다.

그는 구두쇠라는 칭호를 거부하지 않고 자랑스러워한다.

그가 부를 축적하는 기법은 남이 생각하지 않는 아이디어를 발굴해서 망설이지 않고 배팅하는 데 있었다고 한다.

또한, 남과 비슷하면서도 색다르게 접근하면서 큰 것은 유보하고 작은 것부터 챙기면서 영역을 넓혀 가는 그만의 노하우는 부자가 되는 지름길이었다고 회고한다.

우리는 미지의 세계를 살아가는 나그네들이다. 모든 것이 한 치 앞도 내다볼 수 없는 길을 걷는다. 칠흑같이 어둡고 캄캄한 터널 속을 불빛 없이 걸을 때의 그 불안을 떠올리면 소름이 돋는다. 우리에게 언제 어디서 어떤 일이 일어날지 그 누구도 알 수 없다. 그러므로 불안은 공포를 낳고, 마음을 가다듬고 신에게 달려가서 매달리고 싶은 것이다.

신은 우리를 따뜻하게 보듬어 주고 용기백배할 것을 주문하지만 빈 마음은 채워지지 않는다. 가시밭길의 이 풍진세상을 편안하게 살아가는 방법론을 나름대로 구안해서 삶 속으로 끌어들이고 싶다.

첫 번째는 세상의 이치에 순응하면서 어깃장을 놓지 않고 고통을 멀리하며 삶을 즐기는 방법이다. 무리하지 않고 자연의 이치에 보조를 맞추며 그러려니 하고 사는 것이다.

삶의 문제가 발생하더라도 분노하지 않으며 신의 뜻에 따라 그렇게 되었을 것이라고 긍정하는 삶이다.

두 번째 방법은, 내가 주체이고 세상의 중심에 있기 때문에 모든 것은 나를 모체로 해서 따라와야 한다는 도전적인 삶의 방법이다. 독불장군식 방법으로 나와 다른 것은 인정하지 않으며 따를 필요도 없고 나를 따를 것을 강요하는 것이다. 피곤하고 불편하며 잦은 의견 충돌로 분쟁이 끊이질 않는 엉뚱한 주장이지만 또 다른 삶의 방법이다.

사람은 백 년 정도를 살기 어려운데, 내가 생각하는 대로 나를 떠나서는 그 어떤 것도 성립할 수 없다는 이기주의의 발로라고 할 수 있다.

우리는 아름다운 이 땅을 잠시 빌려 쓰며 희(喜)·로(怒)·애(哀)·락(樂)을 맘껏 즐기며 살아가는 나그네 무리이다.

누구에게나 흘러간 과거가 있고, 지금 시간의 현재가 있다. 또한, 내가 사용하고 있는 시간이 멈출 날 언제일지는 모르지만, 그 미래는 아직 남아 있다.

잘난 사람 못난 사람, 건강한 사람, 병약한 사람, 범인(凡人)과 평인, 부자와 빈자가 한 울타리에서 이전투구 하면서 살아가는 군중 속에, 나도 포함되어 있다.

우리는 섞여 살면서 때론 분노에 몸을 떨기도 하고 기쁨에 넘친 눈물도 흘리는 동시대의 사람들이다. 동시대의 사람들은 개인의 종말을 알 수 없지만, 이별이라는 두 글자가 분명한 메시지를 안고 살아간다.

신통력이 뛰어나다고 해도 죽음 앞에서는 평등하고 앞서거니 뒤서거니 그 차이만 있을 뿐이다. 손에 움켜진 재물도 재능도 한때 거칠게 쏟아지다가 뚝 그치는 여름날의 소나기와 다를 것이 뭐가 있겠는가 생각해본다. 우리는 동시대를 산다는 것을 강조하고 같이 어울리고 싶다.

시대적 차이가 크면 생각의 차이도 나고 행동도 조금은 다르고 의식주에도 변화가 있지만, 채 백 년을 살지 못한다고 가정하면 동시대는 같은 범주라고 보는 것도 무리는 아니다.

우리가 세상에 태어난 이유나 까닭. 절차 등을 굳이 알 필요는 없다. 신의 계시이든 부모님의 유희나 희망이든 구별할 필요도 없다.

세상에 태어남은 나의 선택이 아니고, 어쩌다가 생일이 생기고, 씨족이 성(姓)을 주고, 부모로부터 이름을 받고 평생을 가지고 갈 뿐이다.

이름에는 내포하는 의미가 매우 크고 부모의 바람이 담겨 있기에 부모의 마음을 읽고 그 방향으로 달음박질해야 한다.

한세상 살면서 활동 범위는, 너무 크고 높고 깊어서 알 수는 없지만 내 인생은 돈키호테처럼 동적인 삶을 즐기고 있다.

설악산 비선대의 거대한 바위에는 언제 누가 조각해 놓았는지를 모를 이름 석 자가 새겨져 있다. 분명 자연을 훼손한 것은 맞는데 그 글자가 조각가에 의해 파질 때는 누구 하나 말리고 막아서는 자는 없었으리라. 파 놓은 이름을 보면, 평범한 사람의 필체가 아니고 상당한 수준급에 필체를 가진 전문가에게 쌀이나 돈푼 꽤나 주고 의뢰해서, 길이 남을 이름 석 자를 박아 놓고 세상에 왔다 갔노라고 알리고 싶은 의지가 숨어 있으리라.

얽키고 설킨 세상사 풀어 가다 보면 재물도 쪼그라들고 언제부터인지는 모르지만 검은 머리에 흰머리가 고개를 들고 나중에는 흑발 백발의 역전 현상이 일어난다. 그 허무함에 부르르 떨면서 가슴 메어짐을 달래야 한다.

인생의 실타래를 풀어 가는 일은 성급하거나 서두르면 에러가 날 수 있다. 순서도를 작성하다 늦더라도 하나하나 확실하게 풀어 가는 인내심이 작동되어야 엉킴을 해소할 수 있고 가시밭길 인생을 헤쳐 갈 수 있다.

3. 겨울 단상(斷想)

겨울의 을씨년스러움은 따사함과 훈훈함을 잃고, 거칠고 차갑고 매서운 얼음 추위에 만물이 정지된 느낌이다. 겨울을 사는 사람들은 북풍한설에 사시나무 떨듯 민감하게 반응하고 온기(溫氣)를 껴안은 사람들은 옹기종기 모여 앉아 세상살이 수다로 시끄러움 또한 한창이다.

얼음 추위로 겨울을 던지고 온방(溫房)을 선호하는 것은 몸이 호사로워 편하기는 하지만 무료하고 답답하며 겨울 감옥에 갇힌 느낌이다. 나는 두꺼운 방한복을 갖춰 입고 겨울 세상으로 나와 미끄럼 썰매를 타며 한적한 얼음판의 겨울을 즐긴다.

어느새 초등학교 시절 소풍 가듯 발걸음을 사뿐사뿐 옮기며 넘어지지 않으려 안간힘을 쓰면서도 눈은 겨울 풍경을 담으려고 바쁘게 움직인다. 빙판에서 쭉 미끄러지고 뒹굴면 위험이 따르지만, 재미도 곁들여져 정말 신이 난다.

얼음 유희는 겨울 스트레스를 허공에 날리는 데 최고로 기분 좋은 역할을 한다. 어쩌다가 얼음판에 엉덩방아를 찧으면 엉치뼈가 고장 난 듯 아파서 쩔쩔매지만, 빙판은 겨울 스포츠의 바탕이고 놀이터 역할을 하기에 웃음이 끊이질 않고 얼음 추위 따위는 문제가 되지도 않는다.

어린 시절 빙판에서 친구들과 눈썰매를 타고 조잘조잘 떠들어대며 웃던 그 시절이 그리워진다.

눈썰매로 시합도 하고 팽이치기도 하고 언 손을 호호 불면서도 시간을 잊은 듯 씩씩함을 뽐내던 겨울 아이들은 이제는 전설 속의 사람들로 어딘가로 뿔뿔이 흩어졌지만, 그때의 즐거웠던 그 시간은 지금도 마음속에 그리움으로 남아 있다.

지금 빙판을 지배하고 있는 겨울 스포츠는 스키와 스케이팅 아이스하키가 점령하고, 눈밭은 스노보드 봅슬레이 등이 겨울 사람들의 마음을 사로잡고 있으며 순수했던 옛 놀이는 서구의 겨울 스포츠에 점령당한 채 거의 사라진 지 오래되었다.

동지(冬至)에서 소한(小寒), 대한(大寒)까지는 북풍한설에 얼음 바람이 세차고 매서워 눈가에 냉기가 감돌아 손과 발에 가벼운 동상도 걱정된다.

잎을 떨군 나무들은 겨울 냉기와 적적함에 적응하며 생존을 위한 겨울 버티기 작전에 돌입하여 지친 모습이 역력하다.

겨울은 인간의 강인함을 테스트하는 계절이긴 해도 학교에서처럼 겨울 적응 정도를 재는 시험 점수를 매기지 않아 부담스럽지 않고 예쁘게 느껴진다.

또한, 사람들은 온실로 파고드는데 야생에서 혹한의 겨울과 씨름하는 생물들의 겨울 이기기 집념은 경이로움과 함께 찬사를 보내도 부족함이 없으리라.

겨울은 모두 냉(冷)이 지배하는 밖을 외면하고 온(溫)을 찾아 안으로 밀려든다. 춥다는 동사를 밥 먹듯이 뇌까리면서 옷 껴입기 경쟁과 온반(溫飯) 만들기에는 너와 내가 없이 야단법석을 떤다. 우리는 겨울 패잔병이라는 말을 거부하고 혹한에 맞서면서 겨울이 항복할 수 있게 우리의 기개를 보여 주어야 한다.

겨울의 강추위를 누그러트리고 훈훈한 온기를 주는 하늘의 천사는 역시 펑펑 쏟아져 내리는 함박눈이다. 함박눈은 싸락눈이나 가루눈 또는 진눈깨비와는 비교가 되지 않을 정도로 눈송이가 크고 대지를 삽시간에 은빛 세계로 덮어 낭만을 자아내게 하고 환상의 세계로 이끈다.

함박눈은 추위에 벌벌 떠는 겨울 사람들의 벗이 되어 주고 사랑하는 연인이 되어 주기도 한다. 함박눈 속에 묻힌 대지는 맑고 깨끗함, 그리고 순수함이라는 의미를 겨울 사람들에게 가르치고 쌍꺼풀 눈으로도 말한다.

함박눈은 은빛 세계를 감춤 없이 보여 주면서 순백색 같은 인생을 살아야 한다고 행동으로 보여 주며 또한 권선징악의 교훈을 주고 그걸 강요하지는 않지만 따라서 해 주기를 바라는 것이 역력하다.

함박눈 내린 겨울 풍경을 바라보면 노벨 문학상 수상에 빛나는 일본 작가 '가와바타 야스나리'의 소설 『설국(雪國)』이 생각난다. 젊은 교사 시절 이 책을 읽으며 가슴에 닿았던 부분을 다음과 같이 인용해 본다.

[첫 장면]

국경의 긴 터널을 빠져나오자 눈의 고장이었다.
밤의 밑바닥이 하얘졌다.
신호소에 기차가 멈춰 섰다.

[P. 12]

거울 속에는 저녁 풍경이 흘렀다.
비추어지는 것과 비추는 거울이 마치 영화의 노출처럼 움직이고 있었다.
인물은 투명한 허무로 풍경은 땅거미의 어슴푸레한 흐름으로 이 두 가지가 서로 어우러지면서 이 세상이 아닌 상징의 세계를 그려 내고 있음이 아름답다.

(가와바타 야스나리, 유숙자 역 『설국』, 2002, 민음사)

작가는 겨울날 우리에게 낯설지 않은 함박눈이 내린 설국(雪國)의 풍경을 가감 없이 표현한 것이 인상적이고 사람들의 심금을 울렸으리라 나름대로 상상의 나래를 펼쳐 본다.

지금도 일본 사람들은 글을 써서 서로 읽어 보고 생각을 교환하고 발표하는 장을 마련하는 것이 생활화되어 노벨 문학상 후보를 길러 낸다. 그런 발전적인 기획은 바람직하며 우리도 그들의 적극적인 방식을 닮아가서 노벨 문학상을 움켜쥐고 싶다.

길고 긴 겨울밤은 삼경이 가까워지면서 비어 가는 배에서 꾸르륵 소리를 내며 허기를 노크한다. 석(夕)식 후 복부 팽만감이 이완되면서 출출함을 느끼게 되고 곧 식(食) 욕망의 신호가 손짓한다. 어린 시절은 식(食) 욕망이 첫째이지만 입고 싶고, 갖고 싶고, 하고 싶고, 놀고 싶은 것이 샘솟는 것도 그 당시 아이들의 상정(常情)이다.

하루 세끼를 보리밥에 의존하고 반찬이라고는 김치 깍두기 중심의 푸성귀만 먹었으니 또 다른 먹거리에 곁눈질을, 할 수밖에 없던 시절이다.

먹고 또 먹어도 주전부리를 찾는 그 시절은 하루 세 끼 외는 절식 위반이라고 야단도 맞고, 벌도 서고, 심하면 회초리로 맞아 종아리에 자국이 났지만 그 시절 식탐 지향은 여전했다. 먹는 대로 키가 크고 체중이 불던 그 시절이다.

간식은 심심풀이로 아이들에게 인기가 높다. 우리가 어린 시절에는 농업이 주된 산업으로 논농사의 규모는 그 집의 부(富)를 가늠해 주는 척도가 되기도 했다.

봄부터 가을까지는 논의 일을 하는 일꾼들의 노동력이 끊임없이 부족하지만 사람 사는 맛과 멋이 있을 때이다. 그때 아낙들은 농사일에 매달리는 일꾼들의 새참을 논밭의 현장으로 날랐는데 그 새참의 맛은 꿀맛이었다.

겨울은 만물이 얼음 추위에 움츠러들고 마음도 쪼그라들면서 사람들은 축소 지향이 된다. 겨울의 고충은 낮이 짧고 밤이 길다는 것도 한몫한다.

낮의 햇빛은 얼었던 대지를 녹이고 사람의 활동에 자극을 주지만 밤의 어둠과 추위는 그야말로 북풍한설이 몰아치는 냉(冷)이 지배하는 시간이 되어 적막감만이 자리할 뿐 어떤 움직임도 감지되지 않는다.

겨울을 이겨 내는 힘은 겨울 먹거리에서 찾으면 즐거움도 생기고 입맛도 다셔지고 침도 꿀꺽 넘어간다.

겨울이면 즐겨 찾는 화롯불에 구운 군고구마와 군밤, 기름 두른 철판 위에서 노릇노릇 구어 내는 달콤한 호떡, 자정 넘어 들려오는 구성진 목소리의 "메밀묵 사려~. 찹쌀떡~." 그리고 김장 김치와 깍두기, 동치미 등이 겨울 먹거리로 많이 회자된다.

겨울을 알리는 입동이 지나면서 김장 준비에 아낙네들은 분주해지고 가장 큰 행사는 김장 김치 담그기이다. 소설과 동지까지는 본격적인 김장철로 진입하여 겨울 양식 확보에 주부들은 눈코 뜰 사이가 없이 바빠진다. 김장 김치 담그기는 겨울철 행사로, 동네 아낙네들 여럿이 모여 품앗이 형태로 서로 돌아가며 김장 김치 담그기를 도와준다. 서로 정도 나누고 음식도 나눠 먹으며 힘든 작업에도 아랑곳하지 않고 웃음이 끊이질 않는다.

김장 김치의 묘미는 배추와 갖가지 양념을 함께 넣고 버무려져 환상적인 맛을 낸다. 그중에서 배추에 버무린 배추 속잎을 얹어 먹는 배추 쌈의 맛은 입안에 군침을 저절로 돌게 한다.

세계인들의 김치 사랑은 상상 이상으로 엄청난 폭풍을 일으키며 그 맛을 뽐내고 인기를 더해 간다. 매운맛에도 잘 적응을 하는지 거부감 없이 잘 먹으며 맛있다는 표현을 한다. 그런 것을 보면 새삼 우리 선조들의 겨울 먹거리 기지와 다양성과 창조성에 큰 박수를 보내게 된다.

겨울은 설국(雪國)이 지배하는 은빛 세계가 펼쳐짐에 아름다움과 환상을 자아낸다. 추억을 소환하는 정서를 만들기도 하는 계절이 겨울이다.

얼음 추위에 을씨년스러움이 더 짙게 묻어나는 겨울밤에 어린 시절 화롯가에 앉아 할머니께서 들려주시던 옛날이야기를 생각하며 박경종 작사 독일 민요인 〈겨울밤〉 노래를 불러 본다.

부엉 부엉새가 우는 밤
부엉 춥다고서 우는데
우리들은 할머니 곁에
모두 옹기종기 앉아서
옛날이야기를 듣지요

붕붕 가랑잎이 우는 밤
붕붕 춥다고서 우는데
우리들은 화롯가에서
모두 올망졸망 모여서
호호 밤을 구워 먹지요

내일은 겨울 사랑 모임에서 '겨울 그 환희의 계절'을 주제로 발표하는 날이다. 그 내용을 다듬으며 낭만의 얼음 추위를 이겨 가는 중이다.

4. 여자는 슬픔을 즐긴다

여자는 때에 따라 낮과 밤을 가리지 않고 감정 이입 상태가 되어 혼자 슬픔을 즐기곤 한다. 슬픔을 즐기는 것은 기이하고 이상하지만 그건 여자의 문화이고 여자만의 특별한 예술 행위이다. 여기서 예술이라고 하는 것은 자기를 직시하는 창조 활동이며 슬픔을 즐기는 것이 인격 도야의 꽃을 피우는 의미를 지니고 있기 때문이다.

슬픔을 즐김은 여자의 특권이기 때문에 미주알고주알 논할 필요는 없다. 다만 그 독특함을 여러 각도에서 조명해 볼 필요는 있다.

일반적으로 기쁜 일이 있으면 여럿이 함께 축하함이 상례(常例)이지만 여자는 때로 눈물을 흘리며 슬픔처럼 기쁨을 표현하기도 한다. 슬픔을 혼자 즐기는 것 같은 행동이 의아하기도 하고 '왜 그럴까?' 하는 질문에 휩싸여 상상의 나래를 펼치게 된다.

남자는 여자와의 미팅을 늘 소망하고 좋은 기회가 찾아오길 고대한다. 학창 시절에도 마음은 미팅을 바라지만 대학 입시 준비라는 대사(大事) 때문에 꾹꾹 누를 수밖에 달리 방법이 없다. 대학의 상아탑 시절은 누구에게나 미팅의 기회가 잦아진다. 더구나 연인과의 미팅은 즐거움이 넘치고 대화가 줄을 잇고 웃음이 헤픈 것이 특징이다.

그런데 격의 없이 대화를 주고받다가도 어떤 이유에 대해 순간적으로 감정이 북받치면 여자는 금방 눈물을 글썽인다. 오솔길에서 산책을 즐기다가도 야릇한 감정 이입 상태로 돌입하면 여자는 바로 슬픔에 빠져들고 때론 슬픔을 주체하지 못한다.

영화나 오페라에 집중하더라도 주연과 조연이 슬픔에 빠지면 분위기에 매료되어 훌쩍이며 눈물을 흘리기도 하고 슬픔이 넘쳐흐를 때면 엉엉 크게 소리 내어 같이 울기도 한다. 남자처럼 슬픔을 감추면서 숨바꼭질할 수도 있으련만 여자는 주연과 조연 모두 함께 슬픔의 영역으로 동행하는 경향이 뚜렷하다.

그렇지만 여자의 슬픈 표정이나 눈물을 보면 측은함이 앞선다. 연약한 갈대처럼 격노한 마음도 수그러들면서 동정심이 요동을 친다. 여자의 눈물은 장거리 미사일만큼이나 그 파괴력이 대단하다. 슬픔을 즐기는 여자는 그만큼 순수하고 오염되지 않았음을 드러내는 것이다.

반면에 남자는 슬퍼할 겨를이 없다. 일에 쫓겨 시간을 쪼개서 쓰다 보니 막상 슬픈 일이 생겨도 쉽게 반응하지 않는다. 감정을 밖으로 드러내서 따따부따 소란을 떨거나 눈물을 흘리면 남자의 수치라고 그들은 단정해 버린다. 내적으로 삭히고 흔들리지 않는 것이 현명한 방법이라고 생각한다. 그래서인지 남자들은 무감각하고 무뚝뚝하고 감정을 전당포에 저당 잡힌 냉혈 동물이란 소리를 듣는다.

남자가 슬프다고 쉽게 눈물을 보인다면 대장부가 아니라고 어릴 때부터 어른들에게 훈육을 받은 것에 기인하나 보다.

남자들은 여자가 우울해하거나 슬퍼할 때 눈치채지 못하는 우둔한 유전 인자를 소유하고 있다고 말하는 사람도 있다. 근본적으로 태생이 다른 남자와 여자의 심리를 비교하는 것은 아이로니컬하지만 그 차이가 너무 큰 것은 어떻게 설명할지 알 수 없고 난해하다.

사실 살다 보면 슬픔이 강물처럼 흘러넘쳐서 엉엉 소리 내어 슬픔을 표현하고 울고 싶을 때도 있다. 가슴이 미어지듯 슬픔이 밀려올 때 혼자 실컷 울어 보는 것도 건강에 나쁘지는 않다. 심리적 스트레스도 해소되고 삶의 찌꺼기들도 말끔히 씻어 낼 수 있는 기회가 주어지기 때문이다.

마음의 찌꺼기는 큰 병을 만드는 씨앗이 될 수 있어 그때그때 풀어내야 한다.

여자의 슬픔은 어디에서 오는 것인지 근인(根因)과 원인(原因)을 따져 볼 필요가 있다. 남자가 소중하다면 여자도 그에 못지않게 소중하다는 것을 밑바탕에 깔아야 하는 것은 당연한 일이다.

삶의 변화 속에서 여자의 위상도 많이 바뀌었지만, 가부장적 사회 안에서 여자의 위치는 늘 뒤편에 있어야 하고 보이지 않는 곳에 존재한 것은 전통적 가치이기에 우리가 부인하기에는 어려움이 따른다.

그 예로, 예전엔 조상께 제사를 지낼 때도 여자는 절을 할 기회를 주지 않았었다. 여자는 제사 음식을 준비하고 제사 지내는 순서에 따라 제주의 요구에 순응하며 그저 뒷바라지가 전부였다.

내가 어릴 적 본 것이지만 여자는 밥도 부엌에서 먹어야 하는 기막힌 일도 비일비재했다. 이건 여자에 대한 비극적인 제제이고 슬픔의 초상이다. 여자들은 애나 낳고 기르면서 음식 만들고 청소하며 남자의 뒷바라지나 하는 하찮은 존재로 비하한 것은 큰 잘못이다.

여자가 그렇게 단순하다는 생각과 길들이기 쉽다는 생각은 큰 오류이며 여자가 아이를 낳는 일만 해도 쉬운 일이 아니라는 생각에 동의해야 한다. 아이를 잉태하는 순간부터 아이는 어머니와의 끊임없는 교감을 통해 인간의 모습으로 성장하면서 자리를 잡고 세상으로 나올 준비를 한다. 아이를 낳는 것은 공장에서 상품을 찍어 내는 것과는 비교 불가한 신성함이 깃들어 있다.

일부 남자들이 여자들을 별 볼 일 없는 대수롭지 않은 존재로 여김은 큰 잘못이다. 여자를 비하하는 것은 자신을 비하하는 것이며 존중하고 귀히 여김도 자신을 높이고 커다란 도움을 준다는 것을 명심해야 한다.

성당에서 신에게 바치는 미사를 드릴 때도 여자들은 하얀 미사 포를 쓰고 있다. 그것은 원죄가 있다는 맥락에서 기인한다.

에덴동산에서 하와의 실수는 순간으로 끝나는 것이 아니고 수천 년을 두고 영원히 이어져 내려오는 원죄라는 것에 슬픔이 밀려온다.

여자는 예민한 감정의 지배를 받고 심리적 작용이 복잡하게 얽혀 살아간다. 때로는 여유롭게 천당을 거닐다가도 순간적으로 지옥의 불덩이 위를 걷는 묘한 상황에 머무른다. 여자의 특성이기도 하겠지만 남자의 단순함으로는 이해 불가라는 표현을 할 수밖에 없다.

여자가 어떤 이유로 인해 가슴이 미어지도록 슬픔 속에 있고 울음을 터트릴 때는 슬픔을 공유하며 침묵을 지켜야 한다. 어설프게 감 놔라 배 놔라 할 경우 그 입방아로 생각지 않게 폭탄이 터져 그로기 상태로 빠질 수 있다. 기다림의 미학이 필요한 시점이다.

여자는 쉽게 상처를 받으면서 그 상처를 남에게 전가하기도 한다. 그런데 여자의 상처를 완화하거나 치유하는 데 긴 시간과 인내가 필요하다.

여자는 눈빛으로 메시지를 보내는 것에 능숙하지만 남자들은 힘으로 껴안아 풀어 보려고 한다. 그러나 여자는 슬픔 속에 있거나 상처를 받으면 몸이 굳어 버린다는 것을 인식해야 한다. 얼렁뚱땅 넘어가려는 남자의 행동에 여자는 분노를 느끼기도 한다.

여자는 힘으로 따지지 않고 말로 윽박지르거나 행동으로 거칠게 나올 수 있다. 때로는 여자의 강력한 무기라 할 수 있는 눈물로 제압할 수도 있다.

여자는 자신에게 관심을 보여 주길 바라며 좋은 평가를 해 주길 바라고 자신이 원하는 긍정의 답을 해 주길 원한다. 보이는 대로 이러쿵저러쿵하는 평가는 여자의 반응을 보면 바로 알아차릴 수 있으므로 부정의 평가는 하지 않는 것이 좋다.

사람마다 보는 관점이 다르기에 남자의 평가가 꼭 맞는다고 볼 수도 없으며 긍정의 평가는 여자의 자존감을 높이는 계기도 되기 때문이다.

여자는 섬세하고 예민하며 위대한 힘을 가진 존재이기도 하다. 그러기 때문에 감정의 변화도, 감정 이입도 쉽게 되며 여자의 특성상 감성이 풍부함에 따라 느끼는 감정들도 다양하다. 그러므로 슬픔을 혼자 즐기는 것도 그의 몫이 된다.

삶의 찌꺼기들을 훌훌 털고 풍부한 감성으로 다양한 감정들을 잘 컨트롤하며 여자가 행복한 삶을 살아가기를 응원한다.

5. 목가적(牧歌的) 뛰집

강화고 근무 시절 고3 담임을 함께했던 야촌 선생이 서예작품 한 점을 준 것이 지금도 우리 집 거실에 걸려 있다. 그 작품은 조선 최고의 문필가인 고산(孤山) 윤선도가 지은 연시조「만흥(漫興)」이다.

산수 간 바회 아래 뛰집을 짓노라 하니
그 모론 놈들은 웃는다 한다마는
어리고 햐암의 뜻에는 내 분(分)인가 하노라
보리밥 풋나물을 알마초 머근 후에
바흿 긋 믉가의 슬카지 노니노라
그 나믄 녀나믄 일이야 부를 줄이 이시랴

이 시조는 읽고 또 읽어도 목가적 향내가 가득 묻어나고 산수(山水) 간의 그 풍경 속으로 자연스레 빠져들게 된다. 오랜 세월 서민들의 사랑을 받은 고산(孤山) 선생의 자연 친화적 삶이 묻어나는 시조이다. 여기서 뛰집은 움막이나 초가집 정도의 자연에서 구한 자재로 만든 허름한 집으로 생각된다.

날짐승에게 귀소 본능이 있듯이 사람도 저녁노을에 해가 저물면 집을 찾아 가족들과 함께 소박한 삶을 즐기게 된다. 일상에서 있었던 작은 사건을 대화로 주고받으며 위로도 받고 맞장구도 치며 가족 간 친밀한 소통의 시간을 갖는다.

밥상머리 교육도 나누고 웃고 떠드는 재미에 가정은 따뜻한 보금자리가 된다.

옛사람들은 집이 좋고 나쁨은 크게 따지지 않고 심지어는 움막에서도 거처하며 잠깐 바람처럼 와서 머물다가 연기처럼 사라지는 인생을 논하고, 아들딸 낳아 기르면서 자연 친화적인 삶을 이어 갔다.

그때는 모두가 가난하고 입에 풀칠하기도 힘든 시기였기에 빈곤과 거처의 허름함은 흉이 아니었다.

생활이 윤택하고 부유해지면서 사람들은 남과 나를 비교하게 되고 더 크고 좋은 집을 향한 욕망을 불태우게 된다. 그러나 풍선에 바람 넣기 경쟁을 하면 어느 정도까지는 풍선이 바람을 받아 주지만, 한계를 넘으면 풍선은 터지고 만다는 것을 사람들은 잊은 듯하고 살아간다.

집은 끊임없는 진화를 거듭하면서 보다 나은 거주 공간으로 만들게 되고 그것은 인간 욕망의 결과이다.

예전에는 자연 친화적인 흙벽돌 집에서 살다가 통나무로 골조를 세운 집에서 거주하는 목조 주택이 오랜 기간 유행했다.

시멘트가 건축 자재로 대중화하면서 블록벽돌집이 생기고 불에 구운 적 벽돌이 주택 건설의 대장 노릇을 하면서 지금도 상당한 영향 아래 놓여 있다.

중국 방문 시, 명·청 시대의 가옥 양식을 알아보기 위해 정구민택을 방문한 적이 있었다. 미리 짐작하기에는 고풍스러운 모습이 대단할 것이라 예상하고 그곳을 찾아갔지만 의외였다.

입장권을 끊고 마을 안으로 들어서니 고택 여러 채가 옹기종기 다정하게 자리를 잡고 마을을 이루고 있었다. 마을을 둘러보며 그 고택들의 외양을 보니, 과거시험에 합격하고 높은 관직에 오른 사람들의 집이라기보다는 소박함을 간직한 평민의 집이라는 생각이, 우릴 더욱 놀라게 했다.

집은 도둑의 침입을 예방하기 위해 벽을 견고하게 쌓고 출입문은 좁고 단단하게 설정된 것이 특이했다. 일 층에는 주인과 내외 그리고 시중드는 사람들이 거처하고 이 층에는 후처들이 살면서 이리저리 옮길 수 있는 이동 수단의 특별함이 있었다.

고관대작의 거처라는 집이 조선 시대의 벼슬에 오른 사람들의 집에도 미치지 못함에 우리는 의문점을 갖게 되었다. 다만 마을 뒤편은 높은 산으로 둘러 쌓여 있고 앞쪽은 인공 강을 만들어서 외부의 접근을 막도록 설계되어 있는 것이 아름다움을 만끽할 정도였다.

집은 혈연 중심의 가족들이 생사고락을 같이하는 공간이면서 재충전을 위한 아늑한 보금자리이다. 따라서 늘 Hot하고 포근하며 안정감을 느낀다. 가족은 집을 중심으로 모였다가 흩어지기를 반복한다. 그러기에 집은 세상살이의 출발 기점이고 도착 기점의 역할을 한다.

집은 내 생각대로 내 마음대로 어떤 것을 수행해도 잔소리나 핀잔을 주지 않는다. 나에게 늘 막힘없이 안아 주는 선인(善人)으로 존재한다. 나를 거부하지도 않고 쉼터 역할을 해 주며 다정한 친구가 되어 주는 집은 품위가 넘치는 인자(仁者)이다.

집은 아침부터 저녁까지 생업에 종사하면서 파김치가 된 가족에게 편안함과 안락함을 안겨 준다. 한편으로는 가족들의 발전을 성큼성큼 지원하는 터전이고 눈에 보이지 않지만 뒤에서 든든한 지원자의 역할도 하는 믿음직한 우인(友人)이다.

사회 활동을 하면서 방문하는 그 어떤 장소도 집처럼 쾌적함을 느끼지는 못한다. 누추한 집이라도 내 집이라는 안락감이 안정감을 주기 때문이다. 또한, 자유롭게 앉거나 눕거나 휴식을 취할 수 있는 곳은 집 말고는 그 어느 곳도 찾기 어렵다. 그야말로 사람이 꿈꾸는 이상적인 세계, 즉 무릉도원은 집을 일컫는다고 정의해도 틀리지 않을 것이다.

집은 가족이 모여서 하루 동안 있었던 일 이야기를 나누는 희로애락이 교차하는 무대이고 광장이다. 아이들의 웃음소리와 울음소리가 활기차게 들리고 재롱 잔치도 벌어지며 밥상머리 교육도 진지하게 전개되는 공간이다.

식탁에 가족들이 옹기종기 모여 앉아 맛있는 음식을 나누는 식사 시간은 아름답고 행복함의 하이라이트이다.

가족들이 먹는 반찬의 품평회도 이 자리에서 거론되고 후한 점수도 매겨진다. 반찬을 만든 아내의 얼굴도 이 점수에 따라 화색이 돌기도 하고 찡그린 얼굴 모습도 이때 나타난다.

집은 때때로 영화관이 된다. 연속극의 단골손님은 아내가 독차지하고, 연속극에 심취되어 울기도 하고 웃기도 하고 변화무쌍의 시간이 집에서 전개된다.

우리 조상들의 집 개념은 비바람을 막아 주고 자연과 더불어 자연 친화적인 삶을 살아가는 소박하고 목가적이다. 울타리를 견고하게 두르고 그 안을 백 년 천 년 살 것처럼 화려한 치장으로 장식을 하고 온갖 멋을 다 부리는 허세를 앞세우는 사람들의 집과는 사뭇 다른 개념의 집인 것이다. 자연과 동화되어 함께 살아가는 집을 편안한 보금자리로 생각한 것이다.

우리들의 삶은 목가적 뛰집의 풍류를 잃어버린 지 오래되었다. 각박하고 서로 경쟁하며 으르렁거리고, 더 많은 것을 내가 차지하기 위해 남을 짓밟고 올라서려는 생각이 확산을 거듭하고 있다. 나눔과 온정이 샘솟는 전통 삶의 방식이 어디론가 실종되었다.

소위 신 유통시대의 승자의 조건이라는 3S Speed(속도), Space(공간), Survival(생존) 시대에 우리는 맛대가리 없는 이기적 삶을 강요받고 있다. 어떤 이는 3S를 Screen(화면), Sports(운동), Sex(성)로 구분하기도 하고 SNS 시대의 기업 위기 관리를 위한 3S로는 Speed(속도), Simple(단순함), Sincerity(진정성)로도 정의한다.

옛날 왕들이 거대한 왕궁을 짓고 신하를 거느리고 군림하던 시절이 우리를 이렇게 광인처럼 만들었다. 왕처럼 되어 보고 싶은, 아니 흉내 내고 싶은 마음이 거주의 개념을 불사르고 화려하고 겉멋이 넘치는 집으로 이끌었던 것이다.

집의 외양을 지나치게 꾸미는 것은 자기만족이나 타인의 부러움의 대상이 될 수는 있다. 그러나 내적인 부족함을 채우려는 행위로 보일 수도 있고 주변의 환경과 어우러지지 않아 오히려 부자연스러울 수도 있다.

집은 다양하고 복잡한 사회 구조 속에서 많은 시간을 고군분투하며 돌아오는 가족의 안식처이며 사랑을 나눌 수 있는 소통의 공간이다. 꼭 화려하지 않아도 가족의 안전을 지킬 수 있고, 살기에 편한 집이면 된다.

집의 기능에 적합한 삶이 일상의 행복을 느낄 수 있는 최적의 조건이 아닐까 생각한다.

집 가지고 장난하지 않고 집에 풍선을 달지 않기를 기대해 본다.

6. 바다야 놀자

일 년 중 태양이 가장 높이 뜨고 낮의 길이가 가장 길다는 하지를 지나면서 여름의 열기는 점점 뜨거워진다. 이때를 놓칠세라 바다는 여름을 준비해 온 사람들로 인산인해를 이루고 북적이기 시작한다.

여름 축제의 대명사인 바캉스철이 선남선녀를 바닷가로 끌어들여 화려하고 환상적인 여름을 맘껏 펼치면서 꽃피운다.

바캉스(vacance)는 프랑스어로 '~로부터 자유로워짐.'을 뜻하는 라틴어 바카치온(vacation)에서 유래한 것이란다. 바캉스 시즌이 다가오면 사람들은 왠지 마음이 싱숭생숭하고 들뜨면서 흔들린다. 혹서를 피해 누구나 언제 어디로 피서를 가야 할지' 기대 반 망설임 반이 된다. 남녀노소 대화의 화두(話頭)도 '멋지고 즐거운 여름 보내기'가 대세이다.

우리보다 앞서 산 선인(先人)들은 삼복더위의 여름을 이겨 내기 위해 나무 그늘이나 원두막 또는 계곡에서 발을 담그고 부채질을 하며 참외나 수박, 복숭아 등 여름 과일을 즐겨 먹었다.

그 당시는 의식주나 문화 물질문명이 오늘날과는 비교가 되지 않을 정도로 열악하고 미천했다. 하지만 소박하고 여유로우며 해학이 숨어 있는 여름나기는 아름답고 자연적이라는 생각이 든다.

선인들의 멋진 여름나기를 오늘날 복제해서 과거와 현재를 융합하면 사람들의 반응이 어떨까 나름대로 그려 본다. 아마도 청년들은 호랑이 담배 피우던 시절로 돌아가자는 것이냐고 거칠게 저항하겠지만 자연과 함께하는 옛 풍류도 가치 있음을 한 번쯤 곱씹어 볼 필요가 있다.

바다는 열린 공간이다. 그 어떤 가림막도 없고 탁 트임과 광활함에 사람들은 환호하고 탄성을 지른다. 바다는 높고 낮음, 넓고 좁음을 묻지 않는다. 그래서인지 바다를 보는 이는 평등과 포용을 학습하게 된다.

혹자는 바다의 거친 파도에 시비를 건다. 바다는 컨디션에 따라 일희일비하고 변덕과 심술을 부린다고 비난을 쏟아 낸다. 그러나 바다는 그런 소소한 꾸지람에 대해서는 귀담아 듣지 않는다.

바다가 마냥 평온하기를 바라는 것은 착각이다. 왜냐하면, 파도의 높낮이는 바다가 살아 있음을 입증하는 그들만의 놀이이기 때문이다. 즉 바람의 세기에 따라 자연스럽게 반응하고 바람만이 갖는 자연과의 조화라는 것을 알아차려야 한다. 격정의 바다를 바라보면서 학창 시절 학습한 내용을 떠올려 본다.

바다는 지구 표면의 약 71%를 차지하기에 우주에서 본 지구는 파란색

별처럼 보인다고 한다.

바다는 지구에 있는 물의 97%를 차지하며 소금기가 있는 짠물은 약 3% 정도이고 그것도 약 1%는 땅속을 흐른다고 추정하고 있다.

자연의 신비는 인간을 늘 감탄과 감명이라는 단어를 되뇌이게 하는 위대함이 숨어 있다. 이렇게 아름답고 위대한 자연 가운데 천년만년 살고 지내면 좋으련만 그건 우리의 희망 사항이기에 아쉽기만 하다.

바다는 멀리 저 멀리 횡선의 수평선을 그어 놓긴 했어도 밀고 밀치고 끌어당기고 놔주고를 반복하는, 힘자랑이 볼만하고 정다움이 넘친다. 밀물과 썰물의 물장난은 연인들이 주고받는 입술의 포갬과 뗌을 연상케 한다.

겨울 바다는 온(溫) 없이 냉(冷)이 주도해서 을씨년스럽다. 왠지 움츠러들고 작아지는 느낌을 지울 수가 없긴 해도 친근감이 살아나서 좋으며 여름 바다는 온(溫)이 지배하지만 생동적이며 낭만적이어서 많은 이들이 여름 바다를 가슴에 담는다.

바다는 평소에 비좁고 갑갑함에 찌든 사람들에게 쌓인 스트레스를 풀기에 안성맞춤이다.

바다는 포용적이지만 경계선을 그어 놓고 그 이상의 접근은 막는다. 그 경계를 어기면 순식간에 끌어당겨서 바다와 영원히 같이 살아야 한다.

불현듯 젊은 시절 여행 복장을 하고 찾았던 여름 바다를 어렵게 찾았다. 계절을 바꿔 겨울에 오니 옛날이 복원되는 느낌이다. 겨울 바다는 썰렁하긴 해도 열린 공간이 맘에 들어 덥석 껴안고 싶어진다. 차량으로 오가는 재미가 제법 쏠쏠하다.

여름 바다의 군상들은 마치 바다를 메고 지고 삼키는 듯 낭만을 즐긴다.

사실 바다는 공포의 대상이다. 밀물과 썰물이 밀고 당기기를 반복하면서 하얀 파도를 만드는 것이 아름답지만 거센 바람이 가세하면 바다는 순식간에 모든 것을 삼킬 수 있음에 공포가 밀려오고 가슴이 진정되지 않고 콩닥거린다.

해수욕장은 미인대회에서 야회복이 아닌 수영복 심사에 등장하는 미녀들의 모습을 판박이 한 모양 이상의 화려함을 그대로 옮겨 놓은 듯한 느낌이 든다. 볼거리가 넘쳐서 눈은 지루하지 않다. 더위를 피하기 위해 걸치는 옷이 야릇한 것은 어쩔 수 없지만, 도덕과 에티켓의 범주를 벗어나는 것은 남의 시선 보호를 위해서도 고려하는 것이 서로를 위하는 길이다.

내가 내 맘대로 옷차림을 어떻게 하든 어떤 행동을 하든 참견하지 말고 간여치 말라는 것은 한 번쯤 생각해 볼 과제라고 생각한다. 지성인으로서 자신의 일거수일투족에 책임을 진다면 더욱 즐거움이 가득한 추억의 해수욕장으로 기억될 것이다.

여름과 겨울 바다를 찾는 사람들이 점차 늘어나고 있다. 계절에 상관 없이 바다가 주는 독특한 매력이 사람들을 자극하기 때문이리라.

파도는 높낮이를 달리하면서 밀려왔다가 철썩 때리며 부서지는 현란한 쇼를 자랑하며 사람들에게 그 멋진 광경을 관람케 한다.

멀리 수평선을 바라보며 사색의 나래를 펴면서 인생, 삶, 고독, 희로애락을 잠시 명상으로 이어 본다.

모래사장을 거닐면서 발바닥 힘에 눌려 생긴 발자국은 누구 것인지를 모르지만 인생의 족적(足跡) 그 자체이다. 그동안 얼마나 많은 사람이 이 모래밭을 활보하면서 행복을 마음에 담고 기쁨을 느꼈을 것인가 생각하니 미소가 지어졌다.

파란 하늘과 청록빛 바다가 자웅을 겨루면서 아름다운 풍광을 자아냄에 푹 빠져든다. 갈매기가 춤을 추고 물새들이 날갯짓하며 원맨쇼와 무리 쇼를 벌이는 풍경이 바다. 하늘의 절정을 그려 낸다.

바다는 인류의 마지막 보고이다. 바다 자원이 지금까지 부분적으로 인류의 생존에 기여하기도 했지만, 앞으로는 육지 자원이 점진적으로 고갈되어 가는 상황에서 바다 자원은 클로즈업되어 각광을 받게 될 것이다.

바다는 기술적 제약과 위험성이 맞물려서 주춤하지만 개발의 여지가 무궁무진한 까닭에 가까운 장래에 지구인의 미래로 자리매김할 것이다.

7. 약(藥)의 힘으로

노년은 신체의 기능 저하로 인하여 약의 힘을 빌려 살아가는 시기이다. 젊은 시절은 활력과 혈기가 넘쳐 약에 의존하지 않고 자력으로 갱생할 수 있지만, 노년의 약은 필요충분조건이면서 생존과 직결된다.

노년의 약은, 지치고 쇠약해진 장기의 기능을 보완하고 점진적으로 떨어지는 체력에 힘을 보태게 된다. 사실 약은 선순환의 긍정적 면도 있지만, 독이 상존하는 부정적 면도 함께 갖고 있음은 주지의 사실이다.

인간은 약의 힘으로 질병의 고통을 치료 내지는 완화하고 수명을 늘려주고 삶의 질을 개선하는 데 큰 도움을 받고 있다.

요즘은 백 세 시대가 도래하고 있다고 모두들 흥분을 감추지 못하고 야단법석을 떤다. 더 나아가서 재수 없으면 이백 세까지 살 수 있다는 그야말로 뻥튀기기 과장 일변도의 전망을 글로 쓰는 사람도 있다. 책임질 수 없는 그럴듯한 얘기로 대중의 시선을 사로잡으려는 짓거리를 서슴지 않음을 경계해야 한다.

의학 기술의 발달과 생활 수준의 향상으로 장수하는 사람들이 많아진 요즘, 사회의 고령화로 노인들이 많아지자 갈등이 생기기도 하며, 노인을 경시하는 눈길을 보면 마음이 씁쓸하고 슬픔이 밀려오기도 한다.

신비한 우리 몸은 자기 제어 기능이 있어서 위험에 봉착하게 되면 위험을 제거하기 위한 기능이 작동하게 된다. 그러다가 힘이 달리면 외부의 힘, 즉 약의 힘을 빌리게 된다.

우리 몸은 주어진 상황을 인지해서 몸의 적정을 유지하기 위한 시스템이 늘 작동된다. 그것은 설명할 수 없는 신비이다.

몸속에 있는 대사 물질이 독특한 역할을 하면서 균형 유지를 위해 상호 교신하면서 조정 기능을 갖는다는 것이 전문가의 견해인 것은 학습으로 이미 알고 있다.

사람 몸은 오랫동안 사용하면 자동차가 보링을 해서 상실된 기능을 되찾고 정상으로 돌아오는 것처럼 사람도 마찬가지이다. 뜯어내고 꿰매고 바꾸고 기름칠도 하면서 각각의 장기들이 고유의 영역을 유지하면서 상호 유기적인 생명체를 성장, 유지, 발전시키기 위한 끊임없는 노력이 진행된다. 그렇게 함으로써 수명을 연장시키고 덜컹거리지 않는 자연스러운 삶을 살게 된다.

몸은 한 번 결단 나면 수습하기가 어렵다는 것은 누구나 인지하고 대비책도 갖고 있어야 한다. 사람들은 그걸 알면서도 내게 나쁜 병이 올 수도 있다는 것을 부정하면서 산다. 물론 몸 안의 질병은 자신도 모르게 진행되기 때문에 병을 알아차리기까지는 상당히 진행된 후에 발견하는 것이 보통이다. 그것을 미리 예방하는 것은 건강검진을 정기적으로 시행하는 것인데 비용이 만만치 않아 선뜻 임하기 어렵기도 하다.

내 친구는 퇴직하고 바로, 그동안 몸도 마음도 60년을 써먹었으니 몸 상태를 점검하고 이상이 있으면 고쳐서 바로 잡기 위해 수백만 원을 들여 종합 건강검진을 받고 체크를 하기로 마음먹었다.

검사가 진행된 후에 검사 결과를 기다리는 것도 만만치 않고 불안이 엄습해 온다고 한다. 혹시 어느 장기에 미쳐 내가 몰랐던 암이 주리를 틀고 진행된 사실이 발견되고 더군다나 다른 장기로 전이되었다면 어떤 마음가짐을 가져야 할지 전전긍긍하며 결과를 손꼽아 기다리게 된다.

사람은 어떤 사실이 확정되기 전에는 불안이 꼬리에 꼬리를 물고 확대 재생산 과정을 거치게 된다. 나중에는 별것이 아닌 것으로 드러나면 괜히 잡생각으로 괴롭힘을 당한 것에 후회하면서 그래도 다행이라고 한숨을 내쉬면서 안도하게 된다.

검사 결과는 대부분 명확하지가 않고 모호하게 표현되어 진다. 예를 들면 뭐뭐한 것으로 추정되니 계속 관찰할 필요 있다는 식이다. 책임을 환자에게 떠넘겨서 네가 판단을 해서 새로운 정밀 검사를 받던지 알아서 하고 대비책도 네 몸이니 네가 계획을 세워 실행하라는 꼴이다.

건강검진을 받으면 내 몸에 대한 의문점이 말끔히 씻기지는 않지만 그래도 내 몸이 건강을 유지하고 있다는 자신감이 생긴다고 보아야 한다.

나는 한약을 즐기는데 그 까닭은 신농시대부터 인류를 지켜온 전통에 근거를 두고 있어 믿음이 가기 때문이다. 한약은 양약에 비해서 독성 물질과 부작용이 적은 것으로 우리는 알고 있다. 한의사와 양의사 사이에도 의견 충돌이 심한데, 그것은 한약과 양약을 두고 서로 한판 싸움이 벌어지기 때문이다. 참 안타깝고 걱정이 된다.

사실 약은, 한약이나 양약이나 장단점을 동시에 가지고 있다. 또한, 부작용도 있을 수 있다는 것을 감안해야 한다.

약의 효시는 중국 신화시대의 황제인 신농(神農)으로부터 시작되었는데, 이분은 머리부터 상반신은 소의 모습이고, 신체(身體)는 인간의 모습이라고 한다. 재미난 것은 출생 3일 만에 말을 하고, 5일 만에 걷고, 7일 만에 치아가 나왔다고 한다. (의학 백과사전 참고)

신농(神農)본초경에는 약을 세 종류로 나누는데, 상약은 하늘의 법칙에 따른 약으로 부작용이 없고 장기 복용도 가능한 약이며, 중약은 사람에게 독(毒)도 되고 무독인 경우도 있으며, 하약은 병을 낫게 하는 약으로 대부분 독(毒)이 있다고 한다. 사람에게 해를 끼쳐서 장기간 복용은 삼가해야 한다고 전한다.

나이가 들면 누구든지 약의 힘으로 살아가야 하는 처지에 놓이는 것은 흔하고 보통 있는 일이다. 어린 시절부터 청년 시절까지는 비교적 신체 기능이 왕성하여 건강하기 때문에 약은 불필요한 존재이지만, 장년기부터 노년기까지의 약은 허약해져 가는 몸의 구원 투수와 같은 중요한 역할을 담당한다.

살아가는 동안 신체의 제 기능을 유지하고 건강을 지키기 위해, 필요한 한약과 양약을 적절히 복용하면서 상생의 길을 가는 것이 우리의 바람이다.

장수(長壽)는 사람의 기질과 섭생 적절한 운동 그리고 약의 힘이다. 사람은 나이가 들수록 기력이 떨어지고, 피부가 늙고, 눈동자도 힘을 잃으며, 청각 능력도 떨어지고, 입맛도 없어지며 후각도 제 기능을 하지 못한다.

세월도 시간이 만든 것이며 어느새 몸이 쇠약해지고 망가져 가는 얼굴을 보면 놀라지만 어쩔 수 없는 변화를 받아들여야 한다.

박범신은 〈은교〉에서

> "노인은 그냥 자연일 뿐이다. 젊은 너희가 가진 아름다움이 자연이듯이, 너희의 젊음이 너희의 노력에 의해서 얻어진 것이 아닌 것처럼 노인의 주름도 노인의 과오에 의해 얻은 것이 아니다."

라고 말한다.

일찍 세상을 하직한 친구들보다 사계절을 몇 번이나 더 겪은 것을 생각하면 왠지 가슴이 뛴다. 연수에 따라 곱하기 4를 해 보면 계절 숫자가 나오니까 말이다. 그래서 더 오래 살고 싶은 욕망이 솟구친다.

그래. 오래 살기 위해서는 섭생이 중요하다는 것을 내게 다짐해 보지만 그걸 지켜서 생활 리듬을 맞춘다는 것은 또한 난해한 일이다.

8. 생(生)의 환희 그날은

생일은 탄생의 기쁨을 축하하는 의미 있고 뜻깊은 날이다. 별칭으로는 귀빠진 날이라고 불리는 생일은 미역국은 단골손님이고 케이크에 불을 밝히고 생일 노래 합창을 하며 건강과 행운을 기원한다.

생일은 첫 돌맞이부터 시작된다. 그동안의 엄마와의 교감(交感)과 커뮤니케이션을 마치고 신의 축복으로 세상의 빛을 본 날이다.

생일의 절정은 회갑이다. 회갑은 천간(天干)과 지지(地支)를 합쳐 60갑자가 되는 해의 생일이며 고희, 팔순, 구순으로 이어진다.

얼마 전에 찰떡처럼 가깝게 지내던 교장님이 손주의 돌잔치에 나를 초대했다. 돌잔치는 아담한 레스토랑에서 드라마틱하게 열렸는데 가족 모두가 기쁨이 넘쳐 입가에 웃음이 떠나지 않고 있었다. 친가와 외가의 인척들이 하객의 주류를 이루지만 돌잡이의 아빠 엄마의 지인들도 다수 참석하여 성황을 이루었다. 아가가 늘 건강하고 지혜로우며 미래가 탄탄대로처럼 열리길 기원하는 마음이 넘치고 모두가 기원하는 소망이 한결같았음은 물론이다.

요즘 엄마들은 아가의 첫 생일인 돌잔치를 위해 오랜 시간을 계획하고 준비한다. 뷔페 정보를 검색해서 유명 업체를 사전에 선정하고 사진사가 놓치지 않고 돌잡이 아가의 일거수일투족을 사진으로 찍고 이벤트도 고루고루 갖춰서 궁금증을 자아내게 한다.

오신 손님들에게도 섭섭지 않게 음식 대접을 하고 작은 선물도 건네며 감사의 마음을 전하기도 한다. 세상이 이렇게 변했나 하고 의아심을 갖지만, 현실에서 일어나는 보편적인 일이다.

예전에는 가정에서 백설기와 수수 팥떡, 쌀밥과 미역국 그리고 정성껏 만든 갖가지 반찬이 생일상에 올랐다. 가족들이 오순도순 모여 식사하면서 덕담을 나누고 돌맞이 아기의 미래를 축복해 주는 소박한 행사를 했었다. 그러나 이제 가족들만의 행사는 찾아볼 수가 없게 되었다.

옛날에는 자식 많은 집 바람 잘 날 없다고, 생일 챙기는 것 자체가 빠듯한 살림살이 형편으로, 거하게 행사를 치루는 것이 어려웠다. 지금은 아이들이 가뭄에 콩 나듯이 하나 아니면 둘이어서 부모 입장에서 맘껏 해 주고 싶은 마음도 솟아나는 세상이다. 남보다 못하거나 뒤처져서는 안 된다는 경쟁 심리도 작용한다.

아이들의 돌잔치가 생애 대사(大事)인 결혼식에 준할 정도로 치르는 희한한 세상이 펼쳐지고 있다.

돌잔치에는 친가, 외가가 총동원되어 각종 이벤트 행사를 지켜보게 된다. 금반지도 백일에는 반 돈짜리 금반지를 하지만 돌 때는 한 돈짜리 금반지를 준비하는 것이 관례이다.

요즘 여아의 돌잔치에는, 외가에서 금목걸이, 금팔찌, 금반지, 금귀걸이를 준비해 간다고 하고 친가에서는 금반지와 함께 미래저축 통장을 개설하여 수표가 입금된 통장을 내놓아야 위상이 선다는 일부의 얘기도 전해진다.

남아의 경우는 여아에 준해서 비슷한 내용이 들어간다고 귀뜸한다. 돌잔치에서의 피로연도 여러 가지 이벤트 몰에서 유치해서 돌잡이와 돌잔치에 참석한 하객들을 즐겁게 해야 한다는 웃지 못할 풍경도 연출한다.

돌잡이에 대한 행사는 돌잔치의 하이라이트가 된다. 아이가 어떤 것을 잡는가에 대해 그 의미를 부여하고 미래 세상을 예상해 보는 것은 우스갯소리지만 어른들의, 하나의 위안이라고 할 수 있다. 돌잡이는 돌잔치의 이벤트성 행사로 관심과 흥이 스트레스 해소 등을 목적으로 한다.

부모의 취향과 희망에 따라 돌잡이의 손 가까이 집어 주었으면 하는 것을 가까이 놓으며 아이는 그것을 잡게 되고 엄마 아빠는 역시구나 하고 기뻐하는 모습이 보기도 좋고 즐겁게만 느껴진다.

아이가 무엇을 잡든 그 아이의 장래가 결정되는 것이 아님에도 작은 행사에서도 보상을 받고 위로를 받고 싶어 하는 것이 부모의 심정이다.

그날 손주는 그 행사에서 책을 잡아 줬으면 하는데 엉뚱한 붓을 집어서, 모두 박수를 치고 기대감을 표했지만 의외라는 느낌을 받을 수 있었다.

예전에는 어머니가 주관해서 며느리가 아기를 수태해 달라고 고사를 지냈다. 고사는 집안에 사는 신들에게 올리는 제사로 아파트로 주거 형태가 바뀌면서 사라져 가는 고유 의식이다.

신할매는 임신 출산 양육의 모든 과정을 지켜 주는 자애로운 신이다. 아기가 어머니의 뱃속에서 세상 밖으로 나가라고 볼기를 때려 푸른 몽고반점을 만들어 준 존재가 바로 삼신할매 이다. 아이를 못 낳는 부부는 자는 머리맡에 밥 세 그릇 미역국 세 그릇을 떠놓고 삼신할매에게 축원 후 산모 될 이에게 먹이면 아이를 잉태한다고 전해진다. 해산 후에도 삼칠일에 같은 방법으로 축원을 했음은 물론이다.

돌잡이를 중심으로 3세까지 유아의 일거수일투족은 부모 가족 친척 모두를 끝없이 즐겁게 한다. 그래서 그 시기를 인생에 있어 최고의 효도를 하는 시기라고 불린다.

예전에는 미운 일곱 살이라고 했는데 요즘은 당겨져서 5세만 되도 미운 짓만 골라서 하니 부모의 한숨 소리도 커지고만 있다.

가까운 교장님의 초청으로 돌 행사에 참여하고 나니 뿌듯한 마음 감출 수가 없다. 아기의 미래가 여름날 소나기 온 후 햇살 퍼지듯 맘껏 미래를 열어 가길 그리고 큰 인물로 우뚝 서길 기원했다.

집으로 향하는 길에 돌잡이 부부가 주는 무지개 국수를 먹으면서 그 뜻을 알지 못했는데 곰곰이 생각해 본다.

무지개는 대기 중 수증기에 의해 태양광선이 굴절 반사 분산되며 나타난다. 무지개는 태양이 위치한 반대편에 형성되는데 아침에 서쪽 하늘에, 초 저녁에는 동쪽 하늘에 주로 생긴다. 돌잡이의 앞날에 무지개처럼 예쁜 일들이 생겨 주길 바라는 의미이구나 하고 결론을 내려 본다.

생의 환희는 귀빠진 날부터 시작된다.

9. 홀로 서려면

에덴동산에서의 선악과 사건으로 인해 여자는 영원불멸의 '원죄'라는 죄목을 떠안았다. 그 원죄는 힘든 노동과 삶의 고통 죽음이 따르는 후유증을 낳고 그것은 끊어짐 없이 지금까지 이어지고 미래에도 남아 있게 된다는 것이 아이러니컬하다.

구약성서의 창세기 편에 쓰인 원죄에 대해 조심스러우면서도 나름대로 공동 책임론을 제기해 본다.

신의 창조의 선후(先後)를 구분하면 남자인 아담이 먼저이고 여자인 하와가 나중이다. 신에 의해 아담이 인간으로 앞서서 창조되어 에덴동산의 화려하고 아름다운 자연환경을 먼저 인지함은 물론 하느님이 금지한 선악과를, 먹지 않아야 한다는 것도 알고 있었으리라. 아담의 몸을 빌려 나중에 창조된 하와의 권유 때문에 선악과를 먹었다는 것은 논란의 여지가 있고 공동 책임론에 무게를 싣고 싶다.

우리가 살아가면서 어떤 행동을 혼자 감행했다면 본인의 판단과 책임이 따른다. 그렇지만 둘이 같이한 행동은 합의가 없으면 일어나기 어렵다는 것도 감안해서 책임 여부를 추궁할 필요가 있다고 본다. 물론 아담과 하와가 최초의 지구 인간이기 때문에 IQ가 어느 정도인지는 알 수도 없고 짐작도 되지 않음이 안타깝다. 신의 뜻을 헤아리지 못할 정도로 아이큐가 낮지는 않았으리라고 나름대로 추론해 본다.

여자에게 원죄라는 올가미를 씌워서 옴짝달싹 못 하고 오도 가도 못하게 밧줄로 묶어 놓은 것이 큰 잘못이라고 일방적으로 주장하려는 것은 아니다. 남자가 여자의 책임론을 들고 나와서 강하게 밀어붙이는 것은 재고의 여지가 있다는 것을 모든 이에게 귀띔해 주고 싶은 것이다.

또 하나는 여자와 남자는 상호보완적 관계라는 사실이다. 남자가 우수함을 나타내는 분야가 있고 여자가 남자보다 돋보이는 부분이 있어서 남자와 여자는 서로가 부족한 부분을 채워 줌으로, 보다 더 완전한 인간적인 삶을 꾸려 나갈 수 있는 것이다.

혼인의 예만 보아도 남자끼리 또는 여자끼리 혼인하기보다는 남녀가 궁합도 맞고 자연스러우며 보기도 좋고 아이도 생겨서 지금까지 대를 이어 왔고 앞으로도 대를 이어 가게 됨은 부인할 수 없다.

남자나 여자나 싱글일 경우는 불완전하고 역할의 결손이 생기므로 남는 부분은 주고 모자람은 받아서 채움으로써 균형을 유지하는 것은 모두의 바람이다.

학교는 더군다나 인간의 가능성을 알아내고 자극을 줌으로써 미래의 삶을 풍요롭게 이끌어 갈 수 있는 역할을 담당한다. 따라서 전문 분야가 다른 우수한 선생님들이 소속된 학생들의 가능성을 발굴하고 싹을 틔우는 일은 핵심적 과제이다.

자유 경쟁 사회에서 남녀 교사가 반반씩 되어야 한다는 논리는 무리이지만 어느 정도 균형의 유지는 필요하다고 생각한다. 남교사의 파워가 여교사의 파워에 밀려 발을 들여놓지 못한다면 즉 여교사들만으로 학교 교육이 이루어진다면 그 학교에는 심각한 결함이 있는 절름발이 교육을 하는 학교라고 할 수 있다.

남교사와 여교사가 비슷한 구성비에서, 교육하는 것이 시너지 효과도 크고 교육의 성공도 점칠 수 있다고 본다. 그러나 언제부터인지 남교사는 여교사의 실력에 밀려 학교에서 그 모습이 사라져 가고 있다.

여자는 완전한 남녀평등을 위해 독립운동에 나서야 한다. 생명을 잉태할 수 있는 위대한 기능과 양육할 수 있는 기법을 가지고 있는 여자는, 인류의 대가 끊기지 않게 이어 갈 수 있는 초능력의 소유자라고 해도 틀린 말이 아니다.

여자는 남자가 곁에 없어도 시험관 시술을 통해 아이를 가질 수 있으며 아담과 하와 2인에서 시작하여 오늘날 80억이 넘는 대가족을 형성하게 된 것은 비로 여자의 힘이다.

여자를 하찮게 대하고 마음대로 다루려는 생각을 거둬들여야 한다.

그들은 남자와 똑같은 범주 안에서 생각하고 사고하며 남성과 다른 것이 하나도 없다. 남자와 여자라는 성적인 차이 말고는 그 어느 것도 남자에 뒤떨어지지 않는 능력을 가지고 있다.

세상을 좌지우지할 수 있는 기준이 힘이었던 시대는, 여자를 마음대로 가지고 노는 것이 가능할 수 있었지만 지금 그러한 사고는 통용되지도 않고 받아 주지도 않는 무리수일 따름이다. 여자는 보잘것없는 비천한 존재가 아니기 때문이다. 남녀평등의 완전한 실현을 위해 여자 독립의 횃불을 높이 들고 저항하면서 평등을 관철해야 한다.

여자는 가난에서 벗어나는 것이 남자의 굴레에서 해방되는 지름길이다. 자력으로 생활할 능력이 있어야 당당할 수 있는 여건이 마련되는데, 여자가 가난하면 힘을 발휘할 수도 없고 종속을 불러오며 독립적 삶을 유지하기 어렵게 된다.

가정에서 자신의 입지를 다지고 동등한 역할을 요구하기 위해서는 여자 자신만의 일을 찾아 그 능력을 발휘해야 한다.

중세의 인형의 집에서 일방적으로 무시당하며 살았던 삶의 모습에서 뛰쳐나와 당당한 자신의 모습을 찾아야 한다. 여자는 얼굴과 몸이 자산이라는 말은 흘러간 유행가 노래 가사에 불과하다. 여자들이 가난에서 벗어나는 길은 직업을 가지고 땀 흘려 일하며 보수를 챙기고 자기 꿈을 펼치는 것이다.

옛날에는 남편의 잘못이 있을 경우 아내가 남편을 내쫓을 권리는 없었다. 집안이 잘 못 되어도 여자 탓, 아들을 낳지 못해도 여자 탓, 뜻대로 되지 않는 일은 모두 여자 탓으로 돌리며 구박하고 했었다.

여자들이 그 많은 스트레스를 어떻게 소화하며 극복했을까를 생각하면 소름이 끼친다.

우리 친척 집 새댁은 23세에 시집을 와서 대가족의 그야말로 부엌데기로 부엌을 떠날 날이 없을 정도였다. 아침을 준비하고 상을 물리고 치우면 곧 점심을 준비하고 점심을 다 해결하고 나면 저녁상과 반찬 만들기에 여념이 없을 정도로 늘 같은 일과를 반복하며 분주하게 움직였다.

또 하나 피해 갈 수 없는 일은 아이를 갖는 일이다. 그 새댁은 첫째도 딸, 둘째도 딸, 셋째까지 딸을 연속해서 낳았다. 그의 남편은 딸이 더 좋다고 했지만, 아들 선호 사상이 심했던 그때에는 아들을 못 낳으면 주변의 가시광선처럼 쏟아져 들어오는 질시의 눈빛과 구박이 있었기 때문에 새댁은 그 시선들을 감당할 수가 없었다.

결국은 어른들 등쌀에 못 이겨 무당을 불러 임신 초기에 굿을 한바탕 벌였다. 무당은 이번에도 딸이니 아이를 지우라고 권해서 할 수 없이 무당의 말을 들었지만 안타깝게도 딸이 아닌 아들을 지우는 오류가 발생했다. 결국 그 집에는 딸만 여섯 명으로 딸 부잣집이 되게 되었다.

일본에는 삼종지도(三從之道)라는 말이 있다. 여자는 어린 시절에는 부모를 따르고, 출가 후에는 남편을 따르며, 남편이 세상을 하직하면 자식을 따라야 한다는 말이다. 이는 여자의 독립성이 보장되어야 함에도 종속을 강요하고 순종의 삶을 요구하는 테러 이상의 린치인 것이다. 조선 시대 여자들을 옭아맨 칠거지악과 닮은꼴인 이러한 악습의 제거를 위해 여자들은 자립해야 한다.

여자가 육아에 전념할 필요가 없는 세상이 전개되고 있다. 엄마의 돌봄이 꼭 필요한 시기를 제외하고는 육아 전문가들이 아이를 맡아서 돌봐 주는 것이 일반화되고 있기 때문이다.

육아 전문가들의 교육에 대한 전문적 소양은 사람마다 차이가 있지만, 대부분은 자기의 경험과 학문적 지식이 바탕이 되어 업무를 잘 수행한다. 물론 양질의 육아 전문가를 양성하는 일은 사회와 국가의 몫이지만 국가의 힘이 미진한 것은 개선될 것이 확실하다.

여자는 남자보다 섬세하고 세심하여 일 처리 능력이 우수하며 여러 가지 일을 함께 처리할 수 있는 능력의 보유자다. 여자는 밥 짓고 빨래하고 아이를 양육하고 가족의 뒷바라지를 하는 것이 본연의 일이라고 단정 짓는 생각은 고리타분하고 고전적인 논리일 뿐 설득력이 없다.

여자의 우수한 능력을 개발하고 그 능력을 발휘할 수 있는 장을 만드는 것은 국가의 일이지만 자신의 재능을 알고 알맞은 일을 찾아 자신의 발전과 가정의 기여도를 높이는 것은 여자 자신의 몫인 것이다.

여자의 홀로서기는 종속된 삶이 아닌 독립된 인간으로서의 당당한 삶을 쟁취하게 하는 것이고 자기 꿈을 실현할 수 있는 계기를 만드는 것이며 이로써 진정한 남녀평등의 지위를 확보하는 지름길이 되는 것이다.

제2장

인간관계의 미학(美學)

1. 연애론 탐색(探索)

연애는 생각지도 않은 사건이 계기가 되어 시작되며 우연에서 비롯된다. 우연한 사건의 처음과 중간과 끝은 연인을 묶는 밧줄이 되고 사건의 스토리는 늘 화기애애함이 넘친다.

연애는 만남을 기본으로 진행된다. 처음에는 서먹서먹하긴 해도 뭔가 끌리는 것이 있어 좋다. 때때로 끌리는 것보다 끌림을 당하고 싶을 때도 있지만 그걸 감지하기는 쉽지 않다.

연인의 만남은 무지개 빛깔처럼 아름답지만 늘 지속될 거라고 단정할 수는 없다. 둘 사이에는 심리적 기복이 파동을 일으켜 높낮이가 클 경우, 파토가 나는 경우도 있다. 따라서 만남에서는 이심전심의 신호를 자주 주고받아야 한다. 그것은 내가 널 이해하고 있음을 겉으로 드러내고 사랑의 탑을 쌓는 길로 나아가고 있다는 무언의 표현이다.

연애 초기에는 작은 연못에 '우정'이라는 물을 채워 가지만, 연애 중기로 발전하면서 아름다운 호수에 '사랑'이라는 예쁜 단어를 넘쳐흐를 때까지 가득 담아 나간다.

연애 초기에는 사랑의 온도가 미지근하고 활기가 넘치지 않는다. 그렇지만 웃음도 잦고 사랑의 마음이 넘치면서 보기만 해도 신이 난다. 그러나 때로는 삐지고 다툼도 있고 눈물을 흘릴 수도 있다. 그렇다고 눈물을 닦아 주지는 않는 매정함도 있고 스스로 슬픔을 달래야 하는 섭섭함도 감수해야 한다.

연애는 추억이라는 예쁜 단어를 창조한다. 이야기꺼리는 단편의 경우 단맛이 있고 새콤하며 길고 긴 장편일 경우 사건이 중첩되면서 마음을 졸이며 끝까지 읽게 된다.

연애는 아름답고 진한 감동을 잉태하며 재미있는 스토리를 만들어 내고 사랑이라는 솜사탕도 소리소문없이 태동한다. 또한, 연애 중에 초등학교 운동회의 단골 경기인 이인삼각을 경험하면 낮이나 밤이나 대뇌를 지배하는 점령군이 된다.

연애는 한 번도 겪어 보지 못한 떨림, 보고픔, 기쁨, 기다림, 그리움 등을 동반하면서 애를 태우고 심적 요동은 방망이질하듯 흔드는 묘약이다. 연애가 만들어 낸 단어 중에서 으뜸인 것은 그리움이다. 가까이에서 또는 멀리서 그리움이라는 단어가 뇌리에서 맴돌며 떠날 줄은 모른다.

김소월의 시(詩) 「가는 길」의 한 시구처럼 '그립다 말을 할까 하니 그리워' 그 자체이다. 보고 있어도 보고 싶다는 말이 있듯이 그만큼의 애틋함이 느껴지는 것이 연애하는 사람들의 심정이다.

소월은 언어 구사의 천재이고 그리움의 모델이지만 그는 연애를 실패한 패장이기도 하다. 달콤하면서도 살벌하며 깨지지 쉬운 것이 연애이기에 소월도 헤어짐의 아픔을 겪었음 직하다.

연인들은 열병을 앓듯 그리움의 지배를 받고 그 안에서 사랑놀이를 즐긴다. 연애는 개인차가 있지만, 사춘기를 겪으면서 누구나 예외 없이 홍역 앓듯 열탕 속으로 빠져드는 경험을 한다. 또한, 머지않아 그리움은 연인들을 종속시키는 묘약이 된다.

연애를 시작할 즈음에는 둘 사이가 사랑의 밧줄로 꽁꽁 묶이리라고는 예상을 안 한다. 새로운 시작이기에 조금 설레긴 하지만, 통제가 가능하다고 생각한다. 그러나 인지하지 못하는 사이에 둘은 옴짝달싹할 수 없는 밧줄의 포로가 된다. 그렇다고 연인들을 감옥에 갇힌 죄수라고는 말하지 않는다. 그 이유는 사랑은 죄가 되지 않고 아름다움과 환희 그 자체이기 때문이다.

연애는 꿀단지에 혀를 대면 달콤함의 전율이 밀려오듯 오묘하고 서정적이며, 평범하지 않고 비범하며 환상적이다. 그것은 미지의 세계를 탐험하는 것처럼 호기심과 기대가 증폭한다.

연애는 불확실하고 진행 과정이 뚜렷하지 않고 불투명하며 유사점과 상이점을 면밀하게 저울질하면서 꿈의 세계로 이행된다. 연애는 마음의 교환이고 이야기를 잘강잘강 씹다 보면 서먹했던 마음의 벽도 허물어지고 파고들 틈도 보인다. 또한, 상대를 암암리에 알아내는 과정이 반복되고 캐치된 정보로 상대의 실체를 디자인하여 완성되어 간다.

연애는 빵 조각에 딸기잼을 발라서 쪼개어 나누어 먹으면서 나도 모르게 침이 넘어감을 느끼게 된다. 그 오묘한 맛은 어떤 음식도 흉내 낼 수 없을 정도로 마력적이다.

연애의 달인이라고 자칭하는 사람도 연애라는 복잡다단함 앞에서는 애먹을 때가 종종 있다. 시행착오도 잦고 진행 과정의 변수가 상존하기 때문이다. 연애는 영화를 같이 보면서 공감대가 넓어지고, 먹거리를 즐기면서 하얀 이로 씹는 모습을 보여 주면서 갖가지 생각을 생성시킨다.

연애는 사랑과 미래에 대한 가능성을 산술적으로 탐구하지만, 반드시 결혼과 밀접한 관련을 갖고 진행되지는 않는다. 그것은 결혼이라는 신성함 때문에 밧줄로 꽁꽁 옭아맬 수는 없다. 그렇지만 결혼이라는 연인 간의 어려운 숙제로 인해 부담을 주는 것은 사실이다.

연애는 서로를 매료시킴이 출발점이다. 서로 간 끌림이 있기 때문이리라. 연애는 권태라는 말은 있지만, 방정식처럼 권태에 대한 답을 구할 수는 없다. 연애는 연인끼리 숫자를 삽입하면 +, —, ×, ÷의 등식을 마음대로 만들 수 있다. 연애의 범위는 지근거리에서 시작되어 꽤 먼 거리를 향해 속도를 조절하면서 그들의 활동 범위를 넓혀 나간다.

연애는 조건을 수반하지 않고 뭔가 주고 싶은 충동이 솟아난다. 거부보다는 동의가 대부분이고 늘상 공감이 중요하다. 설레는 마음이 흡

족하지 않고 거리감을 느끼더라도 내색을 하지 않으면 문제가 되지 않는다.

즐기지 않는 음식이라도 짝꿍이 좋아하면 함께 먹을 수도 있고 너스레를 떨어도 나쁠 것이 없다. 동참하는 것에 의미를 두기 때문이다.

연애는 약점을 철저하게 숨기고 위장에 능숙한 솜씨를 보인다는 것을 미리 알아두면 참고가 된다. 대화 중 답변이 곤란한 말이 갑자기 튕겨져 나오면 자신의 부족함을 인지하고 딱히 할 말이 없으면 침묵으로 대신하면 무난하다.

연애 기간에는 공감의 표시로 잘 웃기도 하고, 슬픔이 밀려오면 눈물도 글썽여 주면, 이심전심으로 서로를 수용하게 되어 좋은 이미지를 이식하게 된다. 연애가 뜨거워지면 마음도 떨리고 몸도 떨려서 중심을 잡기 어려운 경우도 생기기 마련이니 담담하게 대처하는 능력을 길러야 한다.

연애의 중심이 되는 대화나 관심사는 사랑, 미래, 학창 시절, 가정 순으로 손꼽힐 듯하다. 요지경으로 빙글빙글 돌고 있는 세상사는 단골 메뉴이다.

연애는 사랑의 연습이다. 그 과정은 잘 풀릴 수도 있고 꽉 막힐 수도 있으며 늘 가변성을 가지고 있다는 것에 유의해야 한다. 연애가 따뜻해도 의견이 일치하지 않으면 순간적으로 토라질 수 있으며 대화의 중단은 연애가 깨질 가능성도 있음을 인지할 필요가 있다.

연애는 서로가 핵폭탄을 가지고 덤비는 전쟁일 수도 있지만, 공포심을 가질 필요는 없다. 그것은 폐쇄적(닫힘)이 아닌 개방적인(열림) 놀이의 일종이다. 또한, 둘은 괜히 좋고 배가 고파도 허기를 느끼지 않는다.

연애는 순수해서 산정(山頂)에서 솟아 나오는 샘물처럼 맑고 깨끗하다는 것을 인정해야 편안하다. 대화가 경색되거나 의견을 달리할 경우, 그걸 중화시켜 주는 것은 커피를 몸 안에 넣으면서 온화하게 만드는 것 즉 냉(冷)을 온(溫) 상태로 전환 시키는 지혜가 필요하다. 연애는 늘 푸근하고 온난해야 한다. 차가움이 스며들면 냉전으로 발전할 수 있는 여지가 있다.

또한, 스토리를 철학적으로 전개시켜서는 난해하고 피로감과 함께 딱딱한 분위기로 발전할 수 있다. 서로의 공감대가 형성되는 일상적인 이야기로 시간을 보내는 것이 가장 무난할 것이다.

연애 시절에는 눈이 먼다는 말이 있다. 모두가 good이고 bad는 없다. 상대방의 결혼 전 정보는 결혼 후에는 문제가 되지 않는다. 그러나 몰랐던 사실에 대해서는 비판이 따르고 추궁할 수도 있다.

연애 기간에는 두 눈으로 상대를 면밀하고 상세하게 객관적으로 보는 것이 필요하고 결혼 후에는 외눈으로 상대를 보라는 말이 있다.

어느 날부터 드러나기 시작하는 상대방의 단점을 한눈을 감고 다른 한 눈으로 보고 수용하라는 뜻이 담겨 있다. 상대방의 단점을 파고들면 시비가 붙고 시비는 시시비비를 가리게 되고 그것은 긴장과 싸움으로 발전하게 된다.

싸움은 상처를 받게 되면 냉전을 불러올 수도 있고 담판을 지을 수도 있고 작은 폭력을 낳을 수도 있다. 돌이킬 수 없는 상태로 진입하는 것은 서로에게 큰 아픔이 되고 상처로 남게 된다. 마음의 상처는 오랜 시간이 지나도 아물지 않고 치유되지도 않는다.

연애는 일정 시간 동안 모든 것이 비밀이어야 하는데 은연중에 새어 나가는 경우도 있다. 사랑의 감정과 흥분을 감추지 못하는 데서 연유하는 경박함이다. 남녀는 으레 가슴앓이를 한다. 그것은 홍역처럼 가혹하지만 겪고 나면 새로운 세상이 전개되어 강해진다.

연애 기간에는 두 사람이 하늘을 날 수도 있고 원하는 것은 무엇이든지 얻을 수 있다고 착각한다. 그때에는 사랑의 열기는 용광로 온도보다도 뜨겁고 그 진지함은 말로 다 할 수 없을 정도이다. 그러나 연애를 실패했을 때의 처참함은 초라하고 저주스러움을 느낀다.

연인은 서로 견제하며 쉽게 마음을 열지는 않는다. 아니 상대의 취향을 미파악해서 열고 싶어도 열리지 않는다. 그들은 서로 상대를 저울질하고 미세한 부분까지도 캐는 작업에 몰두한다.

자기 자신을 철저하게 감추고 위장하고 거리를 두고 접근했다가 빠지기를 거듭한다. 어떻게 보면 스윗하지만 또 다르게 보면 살벌하기도 하다.

연애 기간에는 모두가 시인이 되고 작가가 된다. 연애 기간의 편지에는 형용사를 너무 많이 사용해서 정곡을 찌르는 단어는 피하고 휘두르기를 거듭하는데 그것도 연애의 지혜이고 전략이다.

연애는 찬란하고 화려하기도 하지만 진실성이 결여되면 위기가 도래한다. 연애는 자신을 적나라하게 들춰내는 것을 꺼려하고 위장하여 카멜레온처럼 수시로 변신한다. 커튼을 쳐서 쓰다가 거울에 비춰서 미주알고주알 다 알기를 바라는 바람에 쉽게 동의하지 않는 것이 보통이다.

연애는 예쁘고 아름답기도 하지만 공동의 목표를 완성하려면 끝없는 이해와 인내를, 필요로 한다는 말로 문을 닫는다.

2. 관상(觀相)은 과학인가

관상은 사람의 얼굴 모습이나 생김새를 말한다. 관상을 보고 그 사람의 수명이나 운명을 점치기도 하지만 그것은 과학적 근거에 의한 풀이라고 보기는 어렵다. 그러나 얼굴 생김은 그 사람의 전체를 평가하는 기준이 된다. 그것은 겉볼안이라는 생각이다. 그런 판단은 사람마다 속마음이 다름은 전혀 고려하지 않은 성급한 판단으로 오류를 동반할 수 있음은 물론이다. 그렇긴 해도 관상은 많은 것을 함축하고 있고 그 의미는 갖가지 해석을 낳을 수 있다.

주변을 둘러보면 사람의 얼굴 생김은 그야말로 천차만별이다. 고대인과 현대인의 흉상이 다르고 동양인과 서양인이 다르며 거주 지역에 따라 얼굴 생김이 비슷하면서도 뭔가 차이가 나는 것을 부인할 수 없다.

신이 인간을 창조할 때에 신체 기능은 같게 하면서, 얼굴 형태와 피부는 유사성과 차별성을 가미한 것이 창조의 비법이라고 생각된다. 또한, 눈에 들어오는 전체적 느낌은 사람마다 거의 다르게 느껴진다. 따라서 얼굴 생김은 비슷하면서도 시각적 느낌이 다르기 때문에 착시 현상은 피할 수 없이 발생한다.

우리가 서양인을 보면 긴가민가 구분하는 데 애를 먹는 경우가 있다. 심지어는 우리와 같은 아시아계 인종도 혼동이 오고 아리송함을 느낀다.

세상 사람들의 얼굴이 제각각이지만 모두의 생각은 자기가 표준이고 기본이라고 굳게 믿는다. 자기 잘난 맛에 산다는 것도 여기에서 나온 말이리라. 반대로 자기가 표준이 아니고 기준이 아니라고 판단한다면 그 열등감으로 인해 두문불출하고 남 앞에 나서기를 꺼려하고 자신을 구박하게 될 것이다.

태어날 때의 얼굴 생김은 시간과 환경의 영향을 받으며 변화를 거듭하지만, 기본 이미지는 부모와 닮은꼴을 공유한다. 그것은 유전 인자의 결합으로 인한 당연한 결과이다.

사람의 생김을 보면 이목구비에 대한 평가는 무궁무진하다. 심지어는 관상학에서는 얼굴 생김으로 미래를 예측하고 길흉화복을 점치는데, 맞고 안 맞고는 나중 문제라 신경을 끄는게 보통이다. 꼭 그런 것은 아니지만 얼굴은 경쟁력의 최일선 전초 기지라는 말과 함께 너 나 구분 없이 미인을 선호한다.

필자가 고3 취업반을 맡았을 때 외모가 돋보이는 여학생들을 추천해 달라는 요청을 많이 받았다. 그런 학생은 면접에서도 당연히 높은 점수를 준다. 성실성과 업무 처리 능력 위주로 뽑는 것이 회사 발전을 위해 바람직하다고 권장해도 마다하기에 난처할 경우가 많았다. 장미는 가시가 있음을 모르는 것 같았다.

외모를 중시하는 세상은 사실 실속이 없다. 흔히 겉은 반지르르한데 속은 텅 비어 있는 경우가 다반사이다. 이 말은 외모는 빼어난데 지식은 알량하고 능력도 미치지 못하는 경우를 일컫는다. 이왕이면 다홍치마라고 해서 같은 조건이라면 외모가 준수한 사람을 선호하는데 그렇지 않음을 귓속말로 귀뜸하고 싶다.

신(神)이 백인 흑인 황인으로 구분하지 않고 어느 한 인종만으로 통일했다면 대단한 혼란이 왔을 것이라고, 추정해 본다. 인종도 사는 지역에 따라 약간의 차이를 두고 언어 사용에도 서로 다른 모습을 부여한 것은 신의 배려이다.

네이버 지식백과에 의하면 관상학은 대략 다음과 같이 사람의 얼굴을 관찰하고 감정 평가를 내린다고 한다.

1. 기본 인상 - 머리, 이마, 눈, 코, 입, 치아, 귀 등 중요 부위 관찰. 얼굴을 3등분하여 상정, 중정, 하정으로 나누어 관찰.
2. 십이궁 - 얼굴을 십이궁으로 나누어 관찰.
3. 찰색 - 얼굴 각 부위의 혈색을 관찰하여 기색과 에너지를 살핌.
4. 얼굴 이외의 부분.

① 주름살, 사마귀, 점, 모발, 신체의 각 부분 관찰.
② 동작으로 언어, 호흡, 식사, 걸음걸이, 앉은 모양.

예전에는 관상가가 동네방네 돌아다니면서 미래 예측 관상 보기를 권고했다. 관상을 보면 앞날을 기가 막히게 맞추고 긍정적인 결과를 얻을 수 있다고 자신만만하게 권유하고 유혹했던 것이다. 만약 좋지 않은 점괘가 나온다고 해도 그것을 극복할 수 있는 문안을 제시하기 때문에 관상 보는 것을 터부시할 필요가 없다는 부연 설명도 덧붙였다.

문명의 혜택이 빈약했던 시기이기에 사람들은 귀를 쫑긋 세우고 관상가의 제안에 빨려 들어가서 일희일비했었다.

관상 보기는 기성세대 어른들보다는 신세대 아이들에게 집중된다. 부모 마음으로 자식에 대한 기대가 크고 아이의 앞날에 대한 부모의 관심은 지대하기 때문이리라.

얼굴 생김새가 각양각색인 것은 유전 인자의 배합에 의해 결정된 결과라고 판단하는 것이 크게 무리는 아니라고 생각한다. 세상의 수십억 인구 중에서 비슷한 사람은 있지만 똑같은 사람은 없는 것이 위대한 신의 창조이기 때문이리라.

사람의 얼굴은 머리와 눈썹, 눈, 코, 귀, 입 등으로 구분된다. 관상을 보는 이는 얼굴의 구성 요소가 어떻게 생겼는가에 따라서 그 사람의 사주팔자를 규정하고 미래의 삶의 전개 과정을 추론한다고 한다. 그런데 사주팔자는 관상가에 따라 다르게 나타나는 것도 사실이다. 요즘은 관상가를 찾아가서 자신의 운명에 대해 감정해 달라는 것이 유행이고 그래야 불안도 어느 정도 해소되고 직성도 풀린다는 생각이다.

성형외과에서 쌍꺼풀 수술을 시작으로 하나둘 고쳐 나가서 몸에 손을

댄다면 관상의 감정 결과가 다를 수 있고 엇박자가 일어나기도 한다. 성형한 얼굴은 부모로부터 초기에 받은 얼굴이 아니기에 운명은 상이할 수 있다. 그런데도 불구하고 일이 잘 안 풀리거나 자신의 미래에 대해 관상가로부터 가부간 시원한 대답을 듣고 싶을 때는 주저하지 않고 관상가를 찾아가게 된다. 관상가는 그 사람의 과거 현재 미래가 정답이건 오답이건 관심이 없고 돈벌이에 목적이 있다는 것을 알고 그들의 말을 위안 정도로 참고하는 선에 그쳐야 하지 않을까 반문해 본다.

자신의 삶은 스스로 개척해 나가는 데 의미가 있다. 관상이 아무리 좋은들 손 놓고 있는 삶에 보상이란 있을 수 없기 때문이다. 개인이 이루고자 하는 목표에 도달하려는 의지와 노력이 배가(倍加)되면 스스로 일궈낸 결과에 대한 성취감 또한 클 것이고, 관상의 좋고 나쁨이나 관상이 과학인가 미신인가를 인식하지도 않고 자신만의 진취적인 삶을 살아갈 것이다.

자기 자신을 믿고 당당하게 세상과 맞서라. 구하면 반드시 좋은 결과치를 얻게 된다.

3. 드라마처럼 살면

드라마는 그 시대의 가치와 과제 사회적 관심과 흐름을 극 중에 도입하여 거기에 흥미를 가미한다. 따라서 극본을 쓰는 작가는 실제와 상상을 훨씬 뛰어넘는 픽션의 세계를 그럴듯하게 그려 나가야 하는 어려움을 안고 있다.

오늘날 많은 사람이 드라마에 흠뻑 빠지는 것은 스토리의 전개가 드라마틱하고 흥미진진하게 이야기가 전개된다는 점에 주목한다. 또한, 주연과 조연 배우들이 주고받는 대화가 난해하거나 잡스럽지 않고 평범 속에 비범함이 담겨 있고, 정곡을 찌르는 선정된 언어를 주고받는 데 묘미를 느낀다. 그리고 극 중에서 전달하려는 메시지가 애매모호하지 않게 가슴에 와닿으면서 자기도 모르게 동화되어 일희일비하는 시청자의 전형적 모습을 나타낸다.

드라마의 재미는 인간 심리의 미묘한 변화를 캐치할 경우 더욱더 빛이 난다. 드라마는 우는 아이의 울음을 멈추게 하고 사람의 마음을 드라마의 세계에 꽁꽁 묶어 놓는 위력을 발휘하기도 한다.

드라마가 끝날 때까지는 가정사 어느 것도 정지 또는 보류 상태로 돌입한다. 드라마가 ing이면 손 하나 까딱하지 않는 것은 당연지사이고 화제의 드라마 채널을 돌리면 채근과 더불어 비난을 받기가 일쑤다.

순간적이지만 시청자가 주인공과 비슷한 처지에 놓여 같은 감정에 몰입하게 되면 훌쩍이거나 손수건을 쥐고 하염없는 눈물을 흘리는 광경을 보게 된다. 또한, 극 중에서 출연진과 나도 모르게 한바탕 축제를 벌이다 보면 드라마는 다음 회를 예고하며 마감된다.

드라마가 남녀노소를 불문하고 관객의 사랑을 독차지하는 것은 가정에서의 답답함과 무거운 일상사를 내려놓고 제한된 시간이지만 대리만족 내지는 불만 해소 그리고 스트레스를 날릴 수 있는, 기회이기 때문이 아닌지 나름대로 해석해 본다.

드라마는 이성(理性)의 판단이 더 강한 남성에게는 그다지 어필하지 못하지만, 감성이 풍부한 여성에게는 좋은 친구이고 동반자이며 마치 가까운 연인 같은 역할을 하기도 한다. 남자가 가까이 없어도 드라마 없이는 앙꼬 없는 찐빵이고 세상사는 재미가 없다는 여성이 꽤 많은 편이다. 그들은 연속극을 통해 돌고 도는 세상을 캐치하고 시대의 흐름을 빨아드리고 대리만족을 얻기도 하나 보다.

연속극의 주제도 관심거리지만 스토리를 전개할 때 스타카토식으로 장면을 전환하고 등장인물의 역할이 평범함을 뛰어넘는 데서 재미를 더해 준다고 한다.

작가의 상상력과 픽션성, 얽히고설킨 복잡한 인간관계, 사회상의 흐름과 표출, 패션의 새로운 경향, 주고받는 대화의 유의미성, 작품의 계몽성 등에 여성들이 열광하고 박수를 치게 한다.

나는 TV에서 방영하는 연속극을 선호하며 접해 보질 않아서 그 세계를 잘 모르지만, 채널을 돌리면서 어쩌다 잠깐 동안 보고 이런 생각을 한다. 드라마가 어떤 깊은 이미지를 통해 인간을 감동의 심연으로 끌어들이기보다는 말장난이 주가 되어 허영심과 과장성이 돋보이고 이야기를 꼬이게 하거나 또는 비틀어서 재미를 인공적으로 만들지 않나 생각된다.

나는 일본 씨름 스모를 좋아하다 보니 자연 일본 방송을 자주 본다. NHK에서 방영되는 연속극을 잠깐씩 보아서인지 한국 연속극처럼 극의 내용을 비틀고 또 비틀어서 흥미 위주의 내용 구성을 하지 않는 것으로 생각된다.

많은 여성이 연속극에 심취하다 보니 자연 탤렌트들을 흠모하고 우대하는 현상이 나타난다. 학생들도 그 분야로 진출하는 것을 대단한 것처럼 생각하는 것을 보면 자제해야 함을 당부하고 싶다.

우리나라 방송국의 방송 편성표에 짜여져 있는 프로그램의 내용을 보면 보편적이고 대중성에만 치중하는 경향이 있다. 물론 수익 창출의 성과에도 집중해야 운영도 되겠지만, 이제는 우리 국민들의 수준도 향상되어 있어 국민 수준을 끌어올리는 차원 있는 프로그램을 기획해서 방영해도 높은 호응도를 얻을 수 있음에 주목하고 지원을 아끼지 않아야 한다.

어른들의 방송에서 흥미와 말장난 중심으로 놀고 있는 것을 자라나는 아이들이 보면서 무엇을 배울 것인가를 생각해 보아야 한다. 방송은 대중성으로 많은 시청자를 확보할 수 있지만, 차원 높은 고급성도 감안해서 대중을 계몽하고 이끌어야 한다.

아이들의 비판 능력이 약하기 때문에 어른들을 그대로 모방하고 배운다는 사실을 외면하고 있는지 운영자들에게 묻고 싶다. 3류 극장에서나 보아야 할 내용과 대화들이 리트머스 시험지처럼 거름 장치 없이 따따부따 그대로 사회를 향해 화살 시위를 당기고 있지 않은가. 저질 프로에 흠뻑 빠져 버리면 마약에 중독된 사람 모양으로 빠져나오지 못하고 계속 그 세계를 즐기게 된다.

어린아이들이 만화나 게임에 중독되면 보지 않고는 못 견디는 안타까운 현상이 벌어진다. 만화나 게임은 많은 부분이 가공의 세계이고 가상의 세계를 소재화해서 흥미를 돋운다.

일본 만화를 보면 자극적이고 섬뜩하며 소름이 끼칠 정도로 살인 장면도 정교하게 묘사해서 재미를 극한 상황으로 끌고 간다.

드라마가 사회 현상에 끼치는 영향은 어마어마한 폭발력을 지닌다. 사회를 들었다 놨다 할 수 있을 만큼 위력을 발휘한다. 따라서 작가는 그

점을 예의 주시해서 플러스에 플러스를 더하는 위험한 발상을 접어야 한다.

사람들은 드라마에서 열광하고 TV의 오락성 프로에 혼을 빼앗기고 있다. 그 프로에 출연하는 출연진의 일거수일투족은 모든 시청자의 눈을 사로잡고 있다.

그런 것을 보고, 사회에서 학교에서 내용이 화제가 되고 이야기꽃을 피우는 것이 다반사로 일어난다. 빼앗겼던 들에도 봄은 오는가 되물었듯이 우리는 이제 그런 속물 인생의 삶에서 빠져나와서 좋은 책도 가까이하고 좋은 음악도 들으면서 고매한 인생길을 터치해 나가야 한다.

그런 프로는 그냥 순간적 흥미만 줄 뿐 마음속에 오래 남아서 잔잔한 파장을, 일으키지 못한다는 것을 분명히 인식해야 한다.

나는 이상하리만큼 드라마를 보지 않는다. 아내 곁에서 드라마를 잠시 시청해도 감정 이입이 일어나지 않는다. 감정이 메마른 목석 같은 사람이라고 늘 핀잔을 받지만 개의치 않는다.

드라마는 스타의 산실이다. 배역에 따라 주연이건 조연이건 그 역할을 완벽하게 소화해 내며 시청자의 눈에 들면 흔한 말로 어느 날 갑자기 붕 뜨게 된다. 명성을 얻으면 유명하게 되고 유명하면 명예와 부를 거머쥐게 된다. 그러나 시청자들은 그 이면의 세계에 대해서는 문외한이고 모르는 척한다.

극작가는 언어의 마술사이다. 극 중 배우가 대화하는 것을 분석해 보면 시류의 유행이나 경향을 극 중으로 끌어들여서 드라마의 현실 감각을 높이는 것을 보면 방청객이 빠져들 수밖에 없다. 드라마는 극의 소재가 자극적이어야 방청객의 눈길을 끌어모을 수 있다는 데 착안한다.

물론 세상사가 워낙 다양하고 복잡하며 흥미를 돋우는 일이 많이 일어나지만, 극의 극 또는 극의 하에서 맴돌 수 있는 희박함에 초침을 맞춘 작가의 의도가 드러난다. 즉 필연의 세계로, 극한으로 몰고 가면 대중의 시선을 사로잡을 수 있다고 가정하는 데서 이야기를 전개한다.

4. 우리끼리는

세상에는 새로움(新)과 낡음(舊)이 공존하면서 때론 앞서거나 뒤서거나를 반복하고 견제와 질시를 아우르면서 균형을 유지하고 발전해 나간다. 대체로 사람들은 새로움에 대해, 관심을 보이고 박수를 치며 열광한다.

New(新)는 신선하고 빛이 나서 윤택하며 지루함이 없는 것이 장점이다. 그 예로 신제품 발표회장을 구경 가면 사람들이 구름처럼 몰려들고 환호하는 함성 또한 요란하다.

그에 반해 Old(舊)는 세월이라는 때가 묻고 모양이 변형되어 초기의 가치를 보존하지 못하는 경우가 많다. 그러나 오래된 것은 예술성, 희귀성이 있으면 상당한 가치를 인정받게 된다. 그럼에도 중고품을 취급하는 상점에는 사람들이 드물고 파장 분위기가 드는 것도 숨길 수 없는 사실이다.

새로움에 대한 소망은 인류 문명의 발전을 낳는 힘의 원천이 된다. 새롭게 더 현저하게 뭔가를 만들려는 갈망은 인간의 뇌를 끊임없이 자극해서 창조의 길로 이끄는 흡인력이 있다.

디지털이 아날로그를 멸망시킨 것도 창조의 결과물이라 생각된다.

사람들이 New를 선호하는 것은 각국의 도시 이름이나 상품명까지 그 도입의 범위는 광범위하다. 자동차에도 기존 이름에 New를 넣으면 매출액의 증가는 상상을 초월할 정도로 상당하다고 말한다.

새로움을 도입하면 불편함을 제거하고 용이하고 스마트한 것을 추구하기 때문이다. 그러나 지나치게 New(新)에 환호하는 것은 경계할 필요가 있다.

Old(新)는 낡고 오래되고 묵은 것이지만 그만큼 연륜을 쌓고, 전통이 있다는 것과 사람들의 많은 사랑이 같이했음을 간과해서는 안 된다.

사람들은 Old를 늙음, 낡음, 쓸모없음, 버림의 1순위 등으로 자리매김한다. 또한, 귀찮음, 보잘것없음, 부담스러움으로 저평가해서 가치를 낮춘다. 사실은 험난한 가시밭길을 걸으며 모진 풍파에 고난을 견디면서 자랑스러움을 간직함에도 관심은 없고 찬밥 대접을 함은 서글픈 일이다.

누구나 새것을 선호하고 좋아하고, 낡은 것은 싫어하고 도외시하고 천대하는 것은 보편적 현상이다. 새것은 분위기를 밝게 해 주고 주변을 빛나게 하며 산뜻하고 기분을 상큼하게 만든다. 새신랑, 새색시, 새 가구,

새 선생님, 새언니, 새해, 새 학년, 새 책, 새 옷. 왠지 새 자(字)가 들어가면 깨끗하고 맑고 갖고 싶은 느낌이 든다.

더구나 어린 시절에는 새것에 매료되어 헌 것, 낡은 것은 거들떠보지 않았는데, 나이 들어가면서 마음이 바뀌는 작은 기적이 일어남도 경험한다. 낡고 헌 것은 오랜 시간 사용해서 빛을 잃고 느낌도 사그러들었지만 역사적인 멋이 깃들어 있고 친근감이 들고 고풍스럽지 않은가.

높은 가격에 거래되는 작가의 미술 작품이나 유명한 음악가의 가곡은 수백 년의 전통 속에 대중의 지지와 우리들의 사랑을 받고 있다. 작품에서 풍기는 멋과 향은 우리를 소용돌이 속으로 빨아들이는 힘이 있어 기분이 상쾌하고 오래 보고 들어도 권태로움이 없다.

신세대는 노인들을 꼰대라고 부르며 빈정거린다. 몸은 늙고, 생각은, 고루하며 신세대와는 장벽을 높이 쌓고 새로움의 수용을 거부한다고 흉도 본다. 또한, 잔소리나 퍼부어 대고 딴 세상에서 놀던 화성인 부류라고 깝쩍거린다. 그들은 老와 小의 소통 부재를 오로지 노인에게 책임이 있다고 떠밀고 질시하며 외면한다.

반면에 노인들의 맞장구는 신세대가 어른을 공경하기는커녕 대들기나 하고 버르장머리 없다고 꼬집는다. 그들은 부모에게 돈을 타서 쓰는 주제에 욕구 충족을 맘껏 채우는 데 앞장선다고 이죽거린다. 또한, 유행에 민감하고 미래는 안중에도 없고 현실 세계에만 안주하는 정신 나간 녀석들이라고 비난하기도 한다.

부모와 자식 간에도 세대 차이로 인해 의사소통이 안 되는 마당에 조부모와 손주들의 대화는 전혀 먹통이라고 보아도 무리는 아니다. 하긴 신세대들이 핸드폰으로 주고받는 문자를 보면 그 내용의 해석은 영어를 번역하는 것보다 어렵다고 실토하는 경우를 종종 보게 된다. 사용하는 언어의 종류와 어휘 자체가 어른들에게는 전혀 생소할 뿐더러 속어, 신조어, 줄임말 등을 마구 만들어 쓰고 있으니 말이다.

우리 사회는 New와 Old의 심각한 대립이 사회 발전을 가로막고 있다. 불신의 벽이 너무 높은 것에 대해 무엇인가 짚어 보고 해소 방안을 모색해 나가야 한다.

한국 사회를 병들게 하고 있는 지역 간의 손가락질도 천 년 이상 이어져 내려온 고질적인 현상인데 매듭을 풀지 않고 대립을 거듭한다. 서로 한 발짝씩 물러서서 협의하고 양보하면서 신사도 정신을 발휘하길 소망하지만, 요원하기만 한 것 같다.

New와 Old가 섞여서 조화를 이루지 않으면 존재할 수 없다는 것을 뼈저리게 인식해야 한다. 더군다나 Old 세대는 New 세대처럼 기본적인 의식주마저 유보하면서 오늘이 있게 만든 위대한 애국 집단이라는 것을 인정하고 존경의 마음이 용솟음쳐야 한다. 구세대의 열정과 봉사 인내 정신을 헌신짝 버리듯 쉽게 생각하면 그것은 비극이다.

Old 세대는 New 세대가 바톤을 이어받아서 이 나라를 책임지고 끌고 가고 Old 세대보다도 더 삐까번쩍한 나라를 만들 것이라는 기대에 격려도 하고 박수도 쳐 주어야 한다.

꾸짖기보다는 따뜻한 조언의 귀속말을, 속삭이듯 사랑의 격려를 다소곳이 들려주어야 한다. 회초리를 들고 때리면 맞는 사람이나 때리는 사람이나 상처를 남기고 그 상처는 가슴을 아프게 하고 시리게도 하며 아물 수가 없게 된다.

패션계에서 흔히 복고풍이 유행한다는 말을 하는 경우가 종종 있다. 새로움에 대한 싫증 내지는 옛것에 대한 그리움에서 과거로 돌아가고 싶은 욕망이 샘솟은 표현 행위이다.

인간은 누구나 살아온 과거가 있고, 살아가는 현재가 있으며 앞으로 살아갈 미래가 있어 좀 더 나은 삶을 기대하며 살아간다. 그것은 무 자르듯 과거, 현재, 미래가 따로 존재하기보다는 상호 연결되어 있기 때문에 과거를 땅속에 묻어 버리듯 무시할 수는 없다. 과거는 아픈 상처가 있어서 생각하기조차 싫은 경우도, 있지만 아름다운 추억으로 때때로 돗나물 돋아나듯 신기함도 숨어 있는 것이다.

기업도 끊임없이 새로운 것에 관심을 두고 획기적인 제품을 개발하기 위해 수많은 노력을 한다.

온고지신(溫故知新)이라고 기존 제품의 장점은 살리고, 그 장점에 새로운 기술을 얹어서 개선되고 발전된 제품을 만들어 낸다. 소비자가 원하는 것이 구태의연함보다는 신제품에 매력을 느끼고 구매 행위를 하기 때문이다.

그러나 사실은 혁신적인 신제품을 만들어 내는 것은 그리 쉬운 일이 아니다. 이렇게 바꾸고 저렇게 바꾸면서 소비자의 눈길을 끌지만, 짧은 시간에 혁신적인 신상품이 나올 수는 없다. 눈 가리고 아웅하는 식이 판매에 영향을 미침을 그들은 너무도 잘 안다.

청자를 예로 들면, 새로 만든 청자는 가격이 낮지만 오래된 고려청자는 천정부지로 가격이 상승한다. 옛 기술도 귀한 가치가 있음을 증명하는 예이다.

상품은 신제품과 구제품을 단순 비교하기보다는 서로 간의 장점을 살려 가는 방향으로 이끄는 노력을 하여야 한다.

New는 항상 Old에 기반을 두고 만들어지고 창조되는 것이며 독단적으로 존재할 수는 없다. 옛것의 든든한 바탕이 있기에 새것의 새로움도 만들 수 있는 것이다. New는 어느 날 갑자기 혜성처럼 나타날 수 있지만, 혜성도 오래전부터 존재해 온 것이 수명을 다해야 어느 지점엔가 낙하하면서 빛을 잃는 순환 과정을 겪게 된다.

우리는 Old를 홀대하고 바꿔치기를 밥 먹듯이 해서는 안 된다. Old는 New가 볼 때 낡고 추하고 쓸모없다고 생각하지만, 활용 가치는 충분하다. 경륜이 있고 품위가 있고 심연에서 솟아나는 짙은 향기가 있고 실수하지 않으며, 지혜를 듬뿍 담고 있기 때문이다.

우리는 동시대를 살아가는 동반자이다. 세대 간에 갈등과 대립은 상처만 남길 뿐 얻는 것이 그야말로 빈약하다. 우리는 때론 이익도 취하지만 또 한편으론 손해도 보면서 서로 포용하고 아우르는 삶의 자세가 필요하고 그것을 실행에 옮겨야 한다. 같은 시대를 살아가는 우리끼리 지옥에서 아귀다툼을 벌이는 볼썽사나운 세상을 만들기보다는 무릉도원처럼 아름답고 밝게 즐기면서 살아가는 지혜를 펼쳐 보자.

Old와 New의 조화가 잘 이루어진 곳에는 아름다운 자연이 있고 New와 Old의 쌍방향적 소통이 원활한 사회는 불협화음 없이 사회적 발달이 극대화된다. 서로의 존재를 인정하고, 협력하고, 화합할 때, 공동체 사회에서의 삶은 그 가치가 최대화되는 것이다.

5. 거룩한 혼인 계약

혼인은 거룩함과 성스러움 그리고 위대함이 함께하는 생애 최고의 의식이다. 서로의 다름을 추구하던 남과 여를 하나로 결합하게 하고 새 가정을 창조하는 축하 잔치이다.

남녀가 합친다는 것은 이전까지 혼자 살면서 자기 뜻대로 타인과 다르게 '엇나가거나 빗나감', '내가 세상의 중심이다.' 등 자기중심적 사고를 제어하고 청산하는 것이다. 그리고 둘이 하나 되어 '다름'을 '같음'으로 수정하여 새롭게 설정하는 깊은 뜻이 담겨 있다.

혼인이라는 대사(大事)가 성립하려면 길든 짧든 연애하는 절차와 과정을 거쳐야 한다. 이때는 끊임없는 탐색과 트레이닝이 이루어진다. 서로의 간격과 차이를 좁히고 퍼즐을 맞추어 가듯 순서도를 작성하고, 타협과 조정이 함께 이루어지면서 틈이 사라져 간다.

남자와 여자는 비슷하면서도 전혀 다른 환경에서 커 왔기 때문에 다음과 같은 차이가 엄연히 존재한다.

지적(知的) 차이, 정서적 차이, 환경의 차이, 학력의 차이, 재물의 차이, 성격의 차이, 사고력(思考力)의 차이, 선호도의 차이, 능력의 차이, 좋아함과 싫어함의 차이 등 헤아릴 수 없이 많은 차이를 지혜와 이성으로 극복해 가면서 둘 사이의 간격을 없애는 것은 중요한 과제이다. 그것은 조각가가 자신이 의도하는 조형물을 밀고 깎고 다듬는 인고의 과정과 비슷하리라.

지금은 남녀 간의 만남을 식은 죽 먹기 아니면 밥 먹듯이 크게 의미를 두지 않는다. 쉽게 만나서 인생과 사랑의 물꼬를 트다가도 언제 그랬냐는 듯 훌훌 털고 헤어지고 새로운 만남을 위해 예제서 기웃거리는 풍경이 눈에 잡힌다.

옛날 우리가 학창 시절 만남은 너 아니면 안 되는 것처럼 죽고 살기식으로 접근했던 것과는 너무나 판이하고 의미가 달라졌다. 그때는 사람을 놓고 떠보거나 장난질하는 것은 금기 사항이었고, 주고받은 약속과 사랑의 고백은 반드시 지켜야 할 덕목의 하나였다.

쉽게 만나고 쉽게 헤어지는 것, 살다가 성격 차이라고 남남으로 돌아서는 것은 백 년 약속의 신뢰성이 상실되므로 심각한 마음으로 자제되어야 한다고 옛 어른들은 귀 따갑게 가르치고 못 박듯이 압박했었다.

천주교에서는 하늘이 맺어 준 혼인을 인간이 갈라 놓을 수 없다는 종교적 철칙을 반드시 준수해야 한다. 이혼은 가장 큰 대죄를 짓는 것이기에 허용 자체를 하지 않고 금기시한다.

불교에서 인연은 우리에게 시사하는 바가 의미심장해 곱씹어 볼 필요가 있다. 불교에서는 눈 깜짝할 사이를 찰나라고 하며, 겁이란 헤아릴 수조차 없는 길고 긴 시간이라고 한다. 그런 특별한 인연으로 혼인은 성립한다고 가르친다.

힌두교에서는 43억 2천만 년을 한 겁이라고 칭한다. 잠자리 날개짓으로 바윗돌이 닳아 없어지는 시간을 겁이라고 한다. 억겁의 세월을 넘어서면 혼인으로 평생을 함께 살 수 있다고 한다. 따라서 혼인은 예사로운 일이 아니고 더구나 평범한 일도 아니며 특별함이 숨겨져 있는 것이다.

그러나 둘이 하나 됨은, 좋기도 설레기도 하지만 때론 험난하고 위태로우며 골치가 지끈지끈 아프게 되는 경우가 많다. 겉으로는 화려하지만, 속으로는 얽히고설킨 문제들이 많아서 이를 풀기 위해서는 명석한 두뇌 판단이 같이 이루어져야만 한다. 어느 한쪽의 지혜로는 구속력도 떨어지고 그리 오래가지 않을 뿐더러 평화가 쉽게 깨질 수, 있는 것이다.

신세대는 기존의 가치 체계에 대한 순종을 거부하고 그들 나름의 개조된 신문화를 즐긴다. 그들 문화에 대한 새로운 도전과 애착, 나아가서 그걸 존중하고 이를 당연시한다.

고대로부터 내려오는 구습을 타파하고 색다르고 개성이 뚜렷한 문화에 대한 향수에 젖어 드는 추세이다.

그들은 결혼을 필수가 아닌 선택이라고 강변한다. 아이를 낳아 기르는 것도 부담되고 불필요하다고 말한다. 둘이 행복하면 되는 것이지 구차스럽게 아이를 둬서 대를 이어 가는 것을 부정한다. 이런 놀라운 발상을 하는 것이 두렵고 무서운 생각까지 든다.

옷의 형태로 예를 들면 신세대는 정장인 양복을 거부하고 편하고 실용성에 무게를 둔 캐주얼 복장을 선호한다.

장년 세대는 바지를 입어도 품이 넉넉하고 카브라를 한 바지선이 칼처럼 서서 권위를 상징해야 하는데, 신세대는 몸에 달라붙고 몸매를 뽐낼 수 있어야만 한다.

장년 세대는 구김이 없는 와이셔츠에 넥타이를 매고 남성다움을 강조해야 하는데 신세대는 티셔츠에 여성처럼 귀걸이도 하고 사각 가방보다는 핸드백과 유사한 가방을 메고 걷기를 원한다.

이제는 백 세 인생이기 때문에 혼인은 한 번으로는 지루함이 있다고 한다. 장수로 인해 한 번쯤은 갈아타기가 필요하다는 우스갯소리도 한다. 평균 수명이 70세일 때는, 40여 년 부부로서 사는 것이 적당할지 모르지만 80세일 때 50년을 해로한다는 것은 무리라는 것이다.

새로운 삶의 활력을 불어넣기 위해서는 새로운 배우자와의 삶을 즐길 필요가 있다는 견해이다.

옛날 부엌에는 '풍구'라는 도구가 사랑을 받았다. 불이 잘 붙지 않고 연기가 나면 입으로 후후 불어서 산소를 주입시켰던 것이, 풍구가 나오면서 주부의 시름을 덜었던 것을 기억한다.

사람의 생애도 아날로그 시대에서 디지털 시대로 옮겨 가고 이제는 5G 시대로 변환하는데 우리네 삶도 혁명적인 변화가 필요하다는 주장이다.

우리는 믿음과 신용이 지배하는 따뜻한 사회를 저만치 떠나보내고, 어떤 일이든 전후 관계를 분명히 하는 계약의 시대에 살고 있다. 그 계약은 복잡하고 거창할 수도 있고 단순하고 보잘것없는 미미한 것일 수도 있다.

전자가 삶의 존립 자체를 흐지부지하는 중요성이 내재된 것이라면 후자는 찻잔 속에 미풍처럼 하찮은 선언적 의미라고 할 수 있다.

우리의 삶의 과정에서 계약은 사회가 합리적으로 살아 움직여야 한다는 것을 강요한다. 만약 계약 관계가 존재하지 않고 세상사 마음대로 굴러가게 두면 사회는 혼란의 소용돌이에 빠진다는 것이다.

사건 관계인들이 쌈박질이 잦고 분쟁이 상존하는 엉망진창인 상태로 돌입하는 시끄러운 사회는 경계할 필요가 있다. 따라서 관계인들이 맺는 계약 관계는, 법적 책임과 의무가 있기 때문에 그 구속력이 사회의 건전성을 담보하는 중심 역할을 할 수 있다는 견해이다.

계약은 복수 당사자의 반대 반항이라는 의사 표시의 합치이고 이루어지는 법률 행위이다.

우리나라 민법 제829조는 혼인을 앞둔 남녀는 혼인 신고를 하기 전에 재산 관련 계약을 체결할 수 있고 혼인 신고와 동시에 법적 효력이 발생한다고 규정하고 있다. 외국 예로는 미국 대부분의 주 정부들은 혼전 계약(prenuptial agreements)의 효력이 있지만, 영국은 혼전 계약이 인정되지 않는다고 한다.

혼인은 때때로 수렁에 빠져서 진퇴양난의 딜레마를 연출하는 경우가 생긴다. 전방이 암흑의 벽에 가로막혀 어떻게 해야 할지 답을 찾지 못할 경우도 있다. 실낱같은 한 줄기 빛도 비추지 않아 전진을 포기해야 할 답답하고 절망의 순간을 맞이할 수도 있다. 그래서 혼인을 무덤에서의 장난기 있는 생활이라고 표현한다.

6. 상처를 주고받고

세월의 흐름은 존재하는 사물을 닳고 늙고 낡게 해서 효용 가치를 줄이고 궁극적으로는 가치 제로를 향해 가게 된다. 사람도 길지 않은 나날 아옹다옹하다 보면 어느새 옛 모습은 어디론가 사라지고 점점 못 쓰게 되어 감은 자연의 이치이다.

시작이 반이라면 끝도 멀지 않았음을 느낄 때 슬픔 어린 모습으로 고개를 떨구게 된다. 참으로 긴 세월을 열두 고개 넘듯 수수께끼 풀 듯 넘나들면서 굽이굽이 갖가지 별난 일 겪으면서 살아왔고 살아감이 어쩌면 애처롭다.

인연이 있건 없건 상관없이 수많은 사람과 대면하고 관계를 맺으면서 인생을 배우고 가르치고 이야기하며 웃음꽃도 피웠었다. 가볍고 엷은 미소를 지을 때도 있었고, 함박웃음에 배가 터져라 박장대소할 때도 있었다. 남몰래 흐르는 나만의 비밀의 눈물도 흘렸고 이별의 아픔에 가슴이 메어 오고 쏟아지는 슬픔을 이길 수가 없어서 엉엉 소리 내어 울기도 했다.

우리는 누구나 타인에게 상처를 주고 타인에게 상처를 받으며 살아간다. 상처는 자기가 활동하는 영역 즉 바운더리 안에서 발생하는 피할 수 없는 숙명이다. 그것은 공장에서 상품을 만들기 위해 원료를 투입하면 완제품이 나오기까지 부산물도 따라 나오는 이치와 유사하다. 그 부산물이 인생사에서는 마음의 찌꺼기라 할 수 있는 상처이다. 상처는 인간관계에서 일어나고 누구든지 주고받음에 조심을 한다. 그러나 피할 수 없다는 속성이 있다.

한국인은 막걸리 민족으로 막걸리와는 가까운 친구이다. 막걸리를 만들 때 밑에 가라앉은 부분을 모으면 그것이 모주가 된다. 바로 앙금인 것이다.

상처는 앙금과 비유된다. 막걸리의 앙금처럼 내가 남에게 상처를 주거나 상처를 받게 되면 마음에 앙금이 생긴다. 그 앙금은 없어지지도 않을 뿐더러 웬만해서는 잊혀지지도 지워지지도 않는다. 앙금은 마음 어딘가에 견고하게 자리를 잡고 심심하면 떠올라서 마음을 휘젓고 다니며 분노를 일으키게 한다.

우리가 어떤 일을 하다가 실수를 해서 외상을 입으면 세균 침투를 예방하기 위해 소독을 한다. 그리고 머큐롬을 바르거나 외용 연고를 바르면 쉽게 낫는다. 그러나 횟수를 거듭하면 상처는 아물지만, 흔적은 상당한 시일이 지나야만 원래 상태로 되돌아온다. 그래도 상처가 남게 되고 그 부분은 어지간해서는 원래 상태로 회복되지는 않는다.

우리가 인간관계에서 주고받는 상처를 외상의 경우와는 또 다른 양상을 보인다. 오랜 시일이 지나도 희미해지기는 해도 지워지지 않고 무의식 속에 자리매김한다. 상처의 종류는 가짓수가 워낙 많아 열거하기 어렵지만 몇 가지만 들어 본다.

부모로부터 받은 상처, 가족으로부터 받은 상처, 배우자에게 받은 상처, 학교생활에서 받은 상처, 친척으로부터 받은 상처, 연인 사이의 상처, 직장으로부터 받은 상처, 사회생활로부터 받은 상처, 꿈으로 인한 상처, 소년 청년 장년 노년의 상처, 위에 열거한 상처는 그야말로 일부분에 지나지 않는다.

우리는 삶의 과정에서 상처를 안 받기 위해 대화의 에티켓을 지키려고 노력을 하지만 그것을 놓칠 경우가 많이 생긴다. 외상, 즉 겉 상처는 약품의 지원과 시간이 합해져서 새 살을 돋게 해 준다. 흔적은 약간 남지만 치유된 후에는 잊혀져서 크게 문제가 되지 않는다. 그러나 내상, 즉 마음의 상처는 약을 쓴다고 해도 약효는 제한적이며 오랜 시간이 지나야 치료의 효과가 나타난다. 아니 치료라기보다는 지워 가는 것, 잊혀 가는 것, 없애 버리려고 자기와의 끊임없는 싸움이 치열하다는 것으로 표현해야 옳을 것이다.

마음의 상처는 가해자와 피해자 모두가 조심하지 않는 데서 기인한다. 생각이 부족한 것도 한 원인이다. 우리는 앞뒤 가리지 않고 일단 말을 툭 던지게 된다. 언어의 의미도 생각할 겨를도 없이 그것이 가져올 파장을 심각하게 고려하지 않는다는 것이다. 적을 공격할 때에는 그 공격이 꼭 성공한다는 보장은 없다. 성공과 실패의 확률이 반반이라는 것을 삼척동자도 안다. 미리 질 것이라고 가정하면 공격을 했을 때 지는 것은 분명하다. 적이 준비해 놓은 올가미에 씌이고 함정에 빠질 수도 있기 때문이다.

상대방이 상처를 받지 않기 위해서는 배려하는 마음을 염두에 두어야 한다. 사람의 마음은 예민하고, 약하기 때문에 별거 아닌 상황에서도 그 상처는 커질 수 있다.

잔잔한 호수를 연상해 보자.

호수는 의도적인 가해가 없으며 물결이 일렁이지 않는 고요함을 자랑한다. 그런데 작은 돌을 던지면 그 파장은 커지게 된다. 파장이 일고 거센 바람이 불면 물결의 파장은 걷잡을 수 없이 심하게 파동을 일으킨다.

사람도 언어적 가해나 신체적 가해, 심리적 가해가 없으면 평온하지만 강한 상처는 마음이 심하게 요동을 치고 흔들어서 중심을 잡지 못하고 나락으로 떨어질 수도 있다.

사람은 좌충우돌하면서 이리저리 부대끼는 과정에서 상처를 주고받는다. 그 상처는 별것이 아닐 수도 있고 약간의 치료제를 투여하면 상처가 아물 수도 있다. 원래 인간은 자생 능력이라는 것이 존재하며 자생 능력은 신이 인간에게만 부여한 것이 아니라 피조물 모두에게 준 뛰어난 치료제이다.

나무를 자르면 곧바로 진액이 나오기 시작하여 상처 난 부분을 아물게 하는 것과 같은 이치이다.

우연히 내가 타인에게 상처를 주었을 때와 타인이 나에게 상처를 주었을 때 받아들이는 정도는 크게 차이가 난다. 전자는 상처를 대수롭지 않게 생각하는데, 반해 후자는 상처를 충격에 가깝게 받아들인다는 것이다.

예를 들면 내가 여자에게 외모를 거론하면서 인물이 떨어진다 하고 얼떨결에 얘기했다면 어쩌면 다신 그 여자를 대면할 수 없는 철천지원수가 될 수 있다는 것이다.

반면에 여자가 남자에게 인물이 별로라고 지나가는 말로 슬쩍 던졌다고 해도 그런가 하고 대수롭지 않게 받아들인다. 여자처럼 충격에 몇 날 며칠을 잠을 못 자는 상황이 오지는 않는다는 것이다. 상처를 받아들이는 남녀의 차이는 천양지차가 난다.

언어에 의한 상처는 쉽게 아물지는 않고 오래오래 덧나기도 하고 상처가 악화되기도 한다. 더구나 상처에 내성이 생겼다면 그것은 치명적일 수 있다. 어떤 행위에 의한 상처는 걷잡을 수 없는 상황을 연출할 수 있다는 것과 극한 상황에 내몰릴 수도 있음을 유의해야 한다.

부부가 살다 보면 의견이 맞닥뜨려서 싸우는 경우가 종종 있다. 부부싸움은 툭탁툭탁하다가도 쉽게 싸움이 끝나는 경우가 대부분이다. 그러나 부부 싸움은 정도가 어떠하냐에 따라 이별의 상황으로 내몰릴 수도 있음은 당연하다.

지인의 말을 빌리면 부부 싸움을 하고 앙금을 두고 가는 것은 증오로 바뀔 수 있기 때문에 당일 화해를 원칙으로 한단다. 팽팽한 줄다리기가 이어지더라도 화해의 방법을 모색하는 것은 중요하다.

화해의 최종 방법은 잠자리를 같이 하는 데서 찾고 그 이후에는 언제 대립각을 세웠는가 하고 반문하게 된단다. 따라서 부부 싸움은 칼로 물 베기라고 멋진 표현을 한 것이다.

세상살이에서 상처를 안 주고 살 수는 없지만, 나에게는 상처라는 단어가 존재하지 않는다는 다짐을 해야 한다. 사실 상처는 자신도 모르게 남에게 떠안기는 것이기에 자기와의 싸움이 필요하다. 상대가 나에게 이렇게 언짢게 했으니까 반대급부로 너도 한 번 먹어 보라고 원투 스트레이트를 휘둘러서는 그건 보복이 되는 것이다. 보복은 보복을 낳게 마련이고 선순환이 아닌 악순환을 거듭하게 된다.

상처는 마음이 곧인 상태에서는 튕겨져 나오지 않고 좀인 상태에서 뿌려진다. 그리고 내가 나에게 상처를 주는 것도 경계하면서 양심의 가책을 받지 않도록 늘 나를 다독거려야 한다. 상처가 분별없이 오고 가는 사회는 중병이 들어서 수술대에 올려 상한 부위를 도려내야 한다. 수술은 순간적으로 고통을 동반하지만, 수술 후의 개운함, 청량감은 앓던 이가 빠지는 것만큼이나 후련하고 경쾌함을 느낀다.

지금까지 평탄하게 아니 굴곡지게 나름대로 삶을 살아오면서 헤아릴 수 없이 많은 사람에게 상처를 준 것을 참회의 기도와 반성문을 같이 작성해 보련다.

7. 계산하는 인생

인간이 숫자를 만든 것은 우연의 결과가 아닌 필요조건에 의한 것이다. 숫자는 인간과 행보를 같이하며 삶 자체를 좌지우지할 수 있는 위력이 있다. 또한, 다툼이나 분쟁에 개입하여 해결사 역할을 하기도 한다. 달리 표현하자면 인생사는 계산이라는 대전제가 바탕에 깔려 있고 실제로 숫자를 유용하게 사용하기 때문에 합리적이고 원만한 경제 생활을 펼치게 된다.

옛날에 물물 교환이나 오늘날의 상거래는 반드시 계산이라는 절차가 있어야 성립한다. 주먹구구식 상거래는 혼란을 초래하기 때문이다. 서로 간 상거래 과정에는 내 것과 네 것을 따져서 몫을 정하는 것이 깔끔하고 분란의 소지를 없게 할 수 있어 매우 중요한 과정이다.

재화(財貨)를 주고받는 것도 숫자가 표기된 화폐를 통해 계산하고, 그에 따른 손익 계산도 함께하여 재화의 가치를 재평가하는 계기가 되기도 한다. 따라서 학교에서 수학은 필수이면서 주요 과목으로 실생활과 연결되어 있다.

아이들이 유아원에 들어가면 놀이를 통해서 기초적인 흥미를 돋우면서 기본 학습을 한다. 가장 먼저 배우는 것이 미술과 언어와 글자 그리고 수(數) 개념이다. 숫자 학습 초기에는 유아에게 익숙한 과일이나 생활에서 흔히 사용하는 물건들이 그려진 그림으로 수 개념을 교육하거나, 손가락 발가락이 동원되어 자기 몸의 구조를 재미있게 응용하여 교육하는 경우도 있다.

숫자가 두뇌에서 자리를 잡으면, 가감승제(加減乘除)라는 계산식을 자유자재로 할 수 있는 기법을 배워 수 개념을 확장 시킨다. 계산식은 주어진 수를 일정한 규칙에 따라 처리하여 답을 구하므로 인간의 수 개념 형성에 필수적인 과정이다.

학교에서 수학 과목을 중시하고 많은 시간을 할애하는 것도 여기에 기인한다.

인간은 합리적이고 편리함과 객관성 타당성 신뢰성을 확보하기 위해 수많은 계산식을 만들어 활용하는 천재성을 발휘한다. 누구에게나 태어나서 죽음에 이르기까지 계산하라는 단어가 따라붙는다. 인간은 그 계산을 통해 상품의 소유 관계를 분명히 하며 재산의 많고 적음을 표시한다.

계산은 평생 동안 우리를 따라다니는 가깝고도 밀접한 친구이다. 그 예로 아기가 태어나면 체중이 어떠한가를 계산해 본다. 정상적인 신생아는 2.5kg에서 3.9kg까지이고 2.5kg 이하면 저체중, 4kg 이상이면 과

체중이라고 계산한다. 저체중과 과체중으로 결정이 되면 아이의 성장 전략은 의사와 엄마에 의해 진행 방법과 전략이 달라짐은 물론이다.

어린 시절에는 자생적으로 화폐를 창출하는 능력이 없기 때문에 계산도 단순하고 소꿉장난하는 것과 유사하다. 학교 생활용품 계산, 교통비 관련 계산, 저축 관련 계산, 간단한 상거래 관련 계산 등 계산의 범위는 제한적이고 금액도 크지 않다.

청년 시절을 거쳐 장년 시절로 가면 계산은 기하급수적으로 늘어나고 규모나 범위도 확장을 거듭하고 복잡해서 때로는 두통도 초래한다. 이 시기는 수입과 지출의 균형을 유지하는 것이 중요하다. 계산해야 할 가짓수도 많아지고 계산의 오류가 발생하면 가정 경제에 큰 충격을 낳을 수도 있어 여러 변수를 가정하고 신중해야 함은 물론이다.

예를 들면, 재산 형성 과정은 긴 시간이 필요하고 꼼꼼한 계산 능력과 뛰어난 지혜와 전략의 합동 작전이 필요하다. 적당히 저축하고 절약하면 언젠가는 재산이 불어나고 한몫 잡으리라 생각하면 큰 오산이다.

계산은 구름 잡듯 적당히 하면 큰 낭패를 보고 계산이 틀리면 손해는 기하급수적으로 늘어나게 된다.

재산이 있는 것과 없는 것은 하늘과 땅 차이의 큰 간격이 있다. 사람들은 부자와 빈자를 평소에 이미 인지하고 대응한다. 있는 집에는 먹거리가 풍부하고 후한 대접으로 객이 끊이지 않고 화기가 넘치고 교류가 많다.

없는 집은 늘 쓸쓸하고 한산하며 사람의 그림자조차도 구경하기 힘들 때도 있다. 없는 집에는 이득이 될 만한 것이 존재하지 않기 때문에 기웃거림이 될 수가 없다고 계산한다. 그걸 사람들은 경험으로 알고 있다. 그런 사람들이 간사하다고 비난해 봤자 소용이 없고 눈 하나 깜박하지 않는다.

인간은 계산으로 삶의 여유도 찾고 계산으로 모른 척하거나 연을 끊기도 한다. 또한, 사람이 죽어서는 상속 재산을 놓고 피상속인끼리 재산 분배에 계산력이 끼어든다. 눈에 불을 켜고 지켜보는 가운데 의견 충돌은 피할 수 없는 다툼으로 이어질 수 있다.

법에 재산 분배 기준이 명시되어 있지만 원만하고 스마트하게 재산 나누기가 진행되는 것은 거의 불가능하다. 형제자매끼리 얼굴을 붉히고 재산 형성 기여도를 생각지 않고 똑같이 나눠야 한다고 목소리를 높인다.

그나마 합의를 하면 다행이지만 법정까지 가서 재판을 통해 해결하는 경우가 부지기수로 주변에서 흔한 일이다. 상속 재산 때문에 형제자매의 정은 끊어지고 다시는 안 보겠다는 분쟁의 집안이 비일비재함은 슬픈 일이다.

사람들은 이렇게 계산에 있어 천재성을 발휘한다. 또한, 계산에 민감하면 재산을 늘리는 기법 즉 재테크에도 나서게 된다.

지금 한국의 재테크 열풍은 용광로에서 철광석을 녹이는 그 열기만큼 뜨겁다. 남녀노소 가릴 것 없이 뛰어들고 덤벼들어 돈 놓고 돈 먹기가 횡행하는 느낌이다. 물론 없는 사람에게는 황당하면서도 그림의 떡이지만, 있는 사람이면 재산 축적의 찬스도 되고 거액을 짧은 시간에 확보할 수 있게 된다. 하지만 잘못 짚었다가는 재산 탕진의 벼락을 맞는다는 계산도 염두에 두어야 한다.

세계인도 재테크를 통한 부자 놀이에 발 벗고 나서며 역량을 집중한다. 재산을 모으고 불려 나가는 것은 재미도 있지만 자기 영역을 확장하여 성공을 널리 알리려는 치밀한 계산이 들어 있다.

재산 3분법 즉 부동산, 주식, 예금 등에 골고루 분산 투자하여 위험을 줄이는 계산이 필요하고 위험에 대비하는 노력도 필요하다. 그러나 예금의 경우 마이너스 금리가 적용되기에 예금을 제외하고 암호 화폐, 화가의 그림, 외국환 투자, 금 투자, 비철금속 투자 원유, 유류 투자, 농산물 투자 등 돈이 될 만한 데는 어디든지 간다는 생각이 지배적이다.

마이너스 금리를 적용하는 나라는 독일, 프랑스, 네덜란드, 스위스, 일본 등이고 플러스 금리는 미국, 영국, 중국, 인도, 한국 등이 참여하고 있다.

독자님들은 블름버그 TV를 매일 시청하면 양호한 세계 금융 시장의 흐름을 캐치하고 대응하는 능력도 학습할 수 있음을 권하고 싶다.

한국인은 무에서 유를 창조하는 도전 정신과 계산 능력이 뛰어나다. 우리는 한반도라는 협소한 땅에서 주변의 강대국들이 만만히 보고 쥐고 흔들다 보니 늘 처참하게 당하고만 살았다.

우리 선인들도 계산 능력이 뒤지지 않았지만, 나라의 힘이 따라 주지 않아서 빈국이라는 비극을 거듭하며 서럽게 살 수밖에 없었다. 먹고 입고 자는 기본적인 욕구가 전란으로 이리저리 뜯기면서 소용돌이치는 와중에서 삶은 슬픔 아니 비극 그 자체였다.

그런 역사의 변란 중에도 끊어질 듯 이어지고 빼앗길 듯 지켜 내고 버티고 이겨 내며 역경과 고난의 스무고개를 살아온 조상들이 자랑스럽다.

우리는 한반도를 중심에 놓고 전후좌우를 지혜롭게 살펴서 어떤 계산이 국익을 키워서 장한 민족 강한 나라를 건설하는지 면밀히 살펴야 한다.

인간 생각의 범위는 높고 깊고 넓고 표현하기 어려울 정도로 광범위하다. 한계 상황이 온다고 해도 역량과 지혜를 발휘해서 나라를 망가뜨리는 우를 범하지 않아야 한다.

한민족은 위대하고 미래 지향적이며 세계를 리드하는 혜안을 가지고 있는 우수한 민족이다.

8. 칠거삼불거(七去三不去)

혼인은 사랑을 기본으로 두 사람이 하나 되어 미래를 함께 활짝 열어 나감을 축하하는 의식이다. 혼인은 행복을 창조하여 인생을 꽃피우는 데 집중하며 이인삼각 하듯 발걸음을 같이 함이 중요하다.

가정은 남자를 가장(家長)이라고 호칭하지만, 그 역할은 오히려 여자의 비중이 높다 할 것이다. 동물의 세계를 보더라도 암컷의 역할은 수컷의 역할을 훨씬 능가하는 것을 목격하게 된다.

남녀가 평등한 입장에서 같이 가도 힘들고 어려움이 따르는 것이 세상살이임은 누구나 부인할 수 없다. 그러나 칠거지악이라는 구실로 여자의 삶을 모멸하고 여자의 가치를 저평가하는 일은 있어서도 안 되고 있을 수도 없는 한계선을 넘은 제도라 생각한다.

여자의 시집살이는 자기편이 없는 외로운 고행의 길이다. 그들의 일거수일투족을 옭아매고 핍박한다면 여자는 비극의 삶을 살 수밖에 없는 다른 뾰족한 방안을 구안해 내기 어렵게 된다.

남자가 여자를 쉽게 마음대로 할 수 있다는 생각은 슬픈 일이다. 예전에는 여자를 비하함이 팽배했고 고치거나 개선하지 않고 그대로 밀고 나간 것은 마음 아프고 반성의 자료로 삼아야 한다.

나는 역사적 사실을 학자적 관점에서 논하는 역사학자도 아니고 사회 현상을 예리하게 파헤치는 평론가도 아니다. 더구나 조선 시대의 유교적 관점이 낳은 칠거삼불거를 들춰내서 선조들의 당시 사회적 관행을 이러쿵저러쿵 필설 하는 것은 타당치 않음을 알고 있다.

더구나 교사로서 칠거삼불거에 대해 시비를 걸고 비난하려는 의도는 전혀 갖고 있지 않다.

다만 그 당시의 사회상이었던 칠거삼불거를 어느 쪽으로도 쏠림이 없는 관점에서 숙고해 보고 이랬으면 더 좋지 않았을까 하는 바람에서 독자님들과 공유하려는 것이다.

필자의 생각으로는 여자는 남자의 뒷바라지를 해 주는 부속물이 아니라는 점을 먼저 강조하고 싶다. 성(性)의 차이는 위아래가 없는 평등한 동반자이어야 하고 그 어떤 이유로도 여자를 구속하는 구실을 만들어서는 안 된다는 것이다.

조선 사회에는 칠거삼불거(七去三不去)라는 남성 위주의 사회 제도가 버젓이 자리를 잡고 여자를 괴롭히고 속박했던 선인(先人)들의 산물이다.

칠거(七去)를 요약하면 다음과 같다.

1. 不順(불순) - 시부모를 섬기지 못함은 불효의 표현이다.
2. 無子(무자) - 아들을 낳지 못하면 가계 계승의 단절이다.
3. 淫行(음행) - 부정한 행위는 혈통의 순수성 상실이다.
4. 妬忌(투기) - 축첩제의 유지에 방해 요인이다.
5. 惡病(악병) - 내병, 간질 등의 유전병은 자손 번영에 해롭다.
6. 口舌(구설) - 말이 많은 것은 가족 간의 불화와 이간이다.
7. 竊盜(절도) - 훔치는 것은 범죄 행위이다.

삼불거(三不去)를 요약하면 다음과 같다.

1. 부모님이 며느리를 사랑하면 보내지 않는다.
2. 가난하다가 부자나 지위가 높아지면 내치지 않는다.
3. 돌아갈 곳이 없는 여자는 내보내지 않는다.

칠거지악(七去之惡)의 질곡 속에서 여자가 살아간다는 것을 상상해 보라. 이것은 슬픔을 넘어 고통과 절망의 가학 행위이고 고문일 것이다.

여자이기 때문에 삶의 환희와 행복을 유보하고 조건 없이 남편을 따르라는 것은 여자가 인간이기를 거부당한 것이나 다를바 없다.

칠거삼불거(七去三不去)는 남자의, 남자에 의한, 남자를 위한 무시무시한 폭거이며 인간으로서 당당히 누려야 한 여자의 권리를 박탈당하는 것이다. 음지에서 슬픈 눈물을 삼켜야 하는 여자들의 기막힌 인생은 조선 시대의 사회적 실수로 그쳐야 하며 다시는 되풀이되어서는 안 된다.

칠거(七去)에 비해 삼불거는, 완충 장치를 두어 칠거를 견제하나, 여자를 나락으로 추락시킬 수 있다는 것이다. 그리고 삼불거의 완충 장치는 큰 역할을 할 수 없다는 문제점이 있어서 병 주고 약 주는 식의 코미디가 아닌가 되씹어 본다.

아내와 살다가 못마땅하면 아니 싫증이 나거나 미운 감정이 들면 칠거의 죄명을 씌어 한쪽에선 내치고 다른 쪽에서는 내쫓김을 당하는 어처구니없는 일이 발생하면 그 부당함에 저항권을 발동하지 못하고 눈물로 떠나야 했던 여자는 발붙일 곳이 없게 된다.

여자들의 애한(哀恨)을 어디에서 보상받을 수 있을까 생각하면 가슴이 아프고 그것은 나만의 생각이 아닐 것이다. 숱한 압박과 설움에서 오로지 여자로 태어났다는 한 가지 이유만으로 여자들이 쓰러지고 짓밟히고 안하무인처럼 당해야만 했는지 안타까움뿐이다.

이제 남성 우월주의는 볏단 수확하듯 낫으로 베어 거둬들여야 한다. 남녀 양성의 완전한 평등은 시너지 효과를 가져와서 국력을 지금보다 배로 늘릴 수 있게 해야 한다.

먼저 여자들이 발 벗고 나서서 주장하고 깨워 나가야 하며 싸워서 쟁취해야 한다. 여자들을 옭아맨 매듭들을 칼로 끊듯 가위로 끊듯 잘라 내야 한다. 그들의 인권을 되찾고 권리를 향유하기 위한 연대 의식이 필요하다.

미투 운동의 목표는 여성을 함부로 대해서는 안 된다는 진리를 알리는 여성의 독립 운동이다. 남성으로부터 장난질이나 간섭 또는 천시를 제거하고 사랑의 평등 사랑의 고귀함을 반석 위에 올려놓아야 한다. 여자는 남자들의 부속품으로 존재하지 않는다는 것을 만천하에 공개하고 경계심을 높여야 한다.

혹자는 여자들의 목소리가 커지는 것을 모계 사회의 진입을 위한 여성들의 사전 포석이라고 앞서 생각하는 사람들도 있다고 한다. 그동안의 부계 사회에 대한 억압, 전횡, 싫증, 해방 등을 이제는 청산해야 한다고 목소리를 높이는 것도 그러한 맥락이라는 것이다. 물론 여자가 남자를 억압하고 우위에 서서 큰소리를 치고 감 놔라 배 놔라 하는 것을 남자들은 눈꼴사나워서, 아니 자존심 때문에 봐 줄 수는 없는 노릇이다.

우리는 여자들의 지위 향상을 선의적으로 해석해서 그동안 남자에게 쏠렸던 무게추가 평형을 잡기 위해 여자들의 정당한 요구와 문제 개선을 추궁하는 것으로 받아들여야 한다. 칠거삼불거(七去三不去)는 조선시대를 풍미했던 사회적 관행으로 완전히 이 땅에서 마감하여야 한다.

9. 도대체 너는

가을 단풍이 물감을 풀어 나무마다 서로 예쁘게 물들이기 경쟁을 한다.

어느 날 그녀는 그날 따라 꿈자리가 사납고 무서워서 삼경 무렵에 잠을 깼다. 그녀의 불만은 평소에도 달게 잠을 자지 못하는 스트레스가 짜증과 함께 그녀를 괴롭혔다. 그녀는 업어 가도 모를 정도로 단잠을 자는 사람들을 늘 부러워했지만 그건 희망 사항으로 바람일 뿐이었다.

그날의 악몽은 대학 병원에 의뢰했던 조직 검사를 예언해 주는 달갑지 않은 통고문 같았다. 어쩌면 그렇게 꿈과 현실이 부합하는 일이 발생할 수 있을까. 그녀는 신의 계시라고 생각했다.

암이라는 고약한 병마가 그녀의 몸을 소리 소문도 없이 터치하리라고는 꿈에서도 생각 못 한 결과가 현실로 발현된 것이다. 그녀는 두려움, 공포, 암울함 그리고 청천벽력과 같은 천둥 번개에 어안이 벙벙할 뿐 말을 잊지 못했다. 평소에 어떤 증상에 의한 예고나 시그널 없이 살짝 그녀의 몸으로 파고든 암 덩어리가 겨울날 함박눈 내리듯 슬그머니 찾아와 동거를 하겠다니 그 난처함과 황당함을 어찌 표현할 수 있겠는가. 그녀의 분노는 머리끝까지 차올랐다.

학창 시절 교과서에 타인의 집 방문 시 에티켓의 첫째는 방문 여부를 주인에게 묻고 승낙을 필해야 한다는 교과서 내용이 뇌리를 스쳤다. 주(主)와 객(客) 간의 그러한 절차를 생략한 채 무조건 밀고 들어왔으니 이를 어찌해야 하는가 난감함이 전신을 짓눌렀다. 불청객이며 고약한 암 병마의 갑작스런 방문에 당황스러움과 불안, 초조한 마음은 그녀를 맨붕 상태 그대로 풍선에 달고 하늘을 날았다.

의학 사전에 의하면 암은 정상적인 세포와는 다르게 무제한의 증식을 하는 미분화 세포로 구성되며 종괴(腫塊)나 종양을 형성한다고 쓰여 있다. 반면에 정상 세포는 개체의 필요에 따라 규칙적이고 절제 있는 증식과 억제를 수행한다고 기술하고 있다.

지금까지 권선징악을 실천하며 천사 같은 삶을 살았는데 이게 무슨 변고인지 그녀는 하느님을 원망하면서 물음표를 허공에 날렸다. 악성 종양이라고 해도 시한이 있는 방문이면 불편을 감수하겠지만 자기를 수술로 제거하지 않는 한 끝까지 생애를 같이 하겠다는 불청객 암덩이! 이것은 쥐어뜯을 수 없는 난감함과 공포에 휩싸일 수밖에 달리 묘안이 떠오르지 않았다.

그녀가 살아오면서 자신감에 넘쳤던 것은 그녀에게 시비를 걸 병마는 언제 어디서 덤벼 봤자 패배한다는 낙관론이었다. 그것은 엄청난 착오였고 건방 떠는 것이었다고 후회하며 눈물을 흘렸다.

앞으로 병마와의 지리한 공방전과 승부가 불분명한 싸움이 떠오르면서 순간적으로 닭살 소름이 돋는다고 그녀는 하소연했다. 누구나 병마의 습격은 공포감으로 인해 벙어리 냉가슴 앓듯 앓게 되고 지푸라기라도 잡고 싶은 마음이 드나 자신의 모습은 핏기 없는 얼굴이 주류를 이루리라 생각했다.

그녀의 몸은 점차로 안정감을 상실하고 정신적 균형이 깨져갔다. 질긴 마음으로, 구름에 날리고 바람에 갈기갈기 찢기 우는 아픔이 밀려옴을 감당해 나갈 수밖에 달리 방법이 없었다. 심리적 풍랑에 이리 흔들리고 저리 날아가는 곤혹스러움 그걸 추스르는 것도 크나큰 고통이었다. 이 질곡에서 탈출하려면 얼마나 많은 시간이 필요하고 고통이 따를지 감을 잡을 수가 없는 듯했다.

나는 그녀가 기거하는 집을 방문하여 곁에서 풍랑을 만난 난파선같이 핼쓱한 그녀의 모습을 목격하면서 위로의 말을 던짐이 혼란스럽고 공황 상태로 빠져든 느낌이었다.

암이라는 고약한 병마는 우리 주변을 끊임없이 맴돌면서 공격 대상을 물색하고 호시탐탐 기회를 엿보면서 허점을 파고들어 기생하는데 그녀가 타켓 대상으로 걸려든 것이다. 물론 암은 남녀노소를 가리지 않고 부자나 빈자, 학자와 무식자, 강건함과 허약함을 가리지 않고 무소불위의 무차별 공격을 감행한다.

신은 인간에게 백혈구라는 막강한 상설 군대를 창설하여 완전무장을 한 채 주둔시킨다. 감염성 질병과 외부 물질로부터 식균 작용을 하여 침입자를 감시하는 역할이지만 역부족이다.

인간의 혈액에는 보통 1㎣ 당 6000~8000개의 백혈구가 존재한다고 의학대사전은 기재하고 있다. 백혈구 동원 부대가 그녀를 위해 특파되어 몰려오길 간절히 기도했다.

병마가 환자를 향해 가파르게 달리면 환자는 정신적 혼란이 밀려오면서 신체적 고통에 직면한다. 어쨌든 병마는 우리를 슬프게 하고 우울하게 하면서 이승에서의 삶을 정리할 것을 강요하기도 한다. 심적 불안과 두려움, 허망함과 참회의 눈물, 공포가 주는 무서움, 반성과 애원, 주마등 같았던 그녀 삶이 재조명되면서 가슴을 때린다. 그것은 죽은 과거의, 낱말의 나열에 불과하지만, 그 가운데서도 살아야 한다는 집념은 불타올랐다. 그러나 지금 시점은 내 마음대로 할 수 없는 끝자락에 존재한다는 것이다. 난공불락의 상태에서 반항하는 그녀의 모습이 애처롭기만 했다.

계절이 바뀌고 갑자기 사라졌던 그녀에게서 등기 우편의 편지 한 통이 내게 왔다. 그녀는 장문의 편지에서 내가 곁에 있으면서 안타까워하는 것이 쇳덩이처럼 부담스러웠다는 심정을 살짝 내비쳤다. 그리고 내 곁을 떠나야 할 때가 지금이라고 선언했다.

젊은 날 사랑이 싹트고 뻗어 나가는 시점에서 불청객 암이 우리가 인연이 없다는 것을 게시하는 것이라며 그녀는 암 치료에 대한 의사의 권고를 받아들이지 않고 남은 생애를 자연과 함께하겠다는 말과 함께 소재를 밝히지 않고 떠났다. 계절이 바뀌고 그녀가 세상을 떠났다는 소식이 날 슬픔 속으로 떠밀고 눈물범벅이 된 초췌한 모습으로 그녀가 예쁜 하늘나라에서 영생하길 기원했다.

그녀와 산사(山寺)를 함께 거닐며 주고받았던 달콤한 이야기들도 빛바랜 낭만이 되었고 그녀와 눈을 마주치며 손을 잡고 다정하게 산책했던 과거도 지금은 없다. 그저 추억 속의 아름다운 이야기일 뿐 이제는 갈피 속에 접어야 한다.

만남은 언제나 이별을 예고하기에 받아들이는 것은 당연한 것이다.

슈베르트의 세레나데를 나지막하게 부르면서 그 그리움을 달래 본다.

명랑한 저 달빛 아래 들리는 소리
무슨 비밀 여기 있어 소근거리나
만날 언약 맺은 우리 달 밝은 오늘
달 밝은 오늘
우리 서로 잠시라도 잊지 못하여
잊지 못하여
수풀 사이 덮힌 곳에 따뜻한 사랑
적막한 밤 달빛 아래 꿈을 꾸었네
밤은 깊고 고요한데 들리는 소리
들리는 소리

들려오는 그의 소리 들려오지만

분명치 않구나

오라는가 나의 사랑 들리는 곳에

타는 듯한 나의 생각 기다리는 너

잊을 수 없구나 나의 사랑

제3장

생애(生涯) 남겨야 할 것들

1. 천지(天地)에 겸손하라

사람들은 인위적으로 계절을 넷으로 쪼갰지만, 천지(天地)는 이에 개의치 않고 계절의 순환을 이끌어 간다. 만약 계절의 순환 없이 고정되어 같은 계절만 반복된다면 그 지루함과 답답함에 두 손 번쩍 들고 야단법석을 떨 것 같다. 그렇지 않아도 너와 나의 삶이 다람쥐 쳇바퀴 돌 듯 어제가 오늘이고 오늘이 내일(來日)처럼 삶이 비슷하게 전개되는데 계절 변화마저 없으면 살 맛도 생기지 않을 것이다.

북극과 남극의 극지방에 얼음 사람들과 적도의 이글거리는 태양을 안고 사는 사람들을 생각하면 우리는 신의 축복과 빙빙 도는 자연의 아름다움을 만끽하며 살아간다.

우리 눈에 들어오는 사계절의 색깔 변화와 환경에 발맞추는 적응의 변화, 갖가지 계절 먹거리의 변화 등 나는 색다른 변화에 입 맞추며 모두의 계절을 뜨겁게 사랑할 준비를 차근차근 갖추며 천지(天地)에 겸손해야 함을 배워 간다.

사람은 하늘에 겸손하고 땅에도 겸손해야 한다는 말은 불변의 진리로 인간 모두에게 각인되어 있다. 그것은 하늘과 땅이 암암리에 보내는 메시지를 겸허하게 받아들여서 악(惡)을 멀리하고 선(善)을 가까이하라는 당부도 담겨 있다.

하늘은 사람들에게 태양 에너지, 구름과 비, 사계절의 변화, 맑고 깨끗한 숨 쉴 공기, 밤하늘의 어둠을 살라 주는 달빛, 은하의 별들 향연 등을 대가 없이 공짜로 제공한다.

땅은 사람의 활동 공간을 제공하고 씨를 뿌려 물로 농사를 짓게 하고 동물이 뛰놀 수 있는 터전을 제공하고 나무 등 식물들이 맘껏 클 수 있는 환경 등을 제공한다.

노르웨이의 노벨상 문학상 수상자(1920) 크누트 함손은 땅의 혜택에서 자연의 위대함과 인간의 생명력을 찬미하였다. 가난으로 인해 정규교육을 받지 못한 그는 1890년 『굶주림』이란 소설로 주목을 받고 『땅의 혜택』, 『대지의 축복』 등으로 노벨 문학상의 영예를 안은 작가이다.

『땅의 혜택』(안미란역, 문학동네)의 한 장면을 인용하면 다음과 같다.

> "그는 씨앗을 뿌릴 때마다 주의를 기울였고 따뜻한 마음으로 경외심을 심었다. 자 이제 이 씨가 싹이 트면 이삭이 되고 곡식이 열릴 것이다.
>
> 온 세상 어디에서나 마찬가지다. 이 밭이 온 세상의 중심이었다. 그의 손에서 씨앗이 퍼져 나간다. 하늘에는 구름이 끼어 일하기에 좋았다."

그는 씨를 뿌릴 때면 경건한 마음으로 신을 벗고 맨발로 흙을 밟으며 수확할 때는 하늘에 감사를 드렸다. 그리고 자연으로 돌아가 땅을 경작하며 생명을 존중하고 소박하게 살아야 한다고 강조한 진솔한 농부였다.

자연의 순환 법칙은 돌고 돌다 보면 제자리에 오는 것은 의심의 여지가 없다. 자연의 순환 법칙은 자연계와 인간계 어느 곳에서나 작은 오차도 없이 정밀한 잣대로 적용된다. 이랬다저랬다 변덕을 부리지도 않고 변칙적으로 엉뚱한 결과를 낳는 경우도 없는 일관성이 있는 불변의 법칙이다. 거기서는 인간이 거부하거나 순응하지 않을 수 없는 속성이 있다.

동시대 세상 사람들끼리 부대끼더라도 원망하지 않고 욕지거리를 나누지 말고 시기하지도 말자 서로 격려하면서 동시대를 같이 살아가는 동료 의식의 연대를 형성할 때 세상은 밝고 환해지며 삶의 씹는 맛이 생긴다.

우리는 양지가 음지가 되고 음지가 양지가 되는 순환 열차에 탑승하고 있다. 부자는 언제까지나 부자일 수 없고 빈자는 언제까지나 빈자일 수 없다.

우리는 미래를 예측할 수 없는 불확실성의 시대에 살고 있다. 우리의 미래가 어떻게 될지 모르기에 조바심이 따르고 어떤 일이 일어날지 모르는 상황이기에 노심초사하면서 살고 있는 것은 의심의 여지가 없다.

이 세상이 내 마음대로, 원하는 대로 뜻하는 대로 이뤄지면 좋으련만 혼자만의 독식을 신은 허용하지 않는다. 더럽고 치사하고 못돼 먹었다고 왜 이 모양이냐고 탓할 필요도 없다. 자기가 원하는 대로 다 이루어진다면 그런 세상은 재미도 없고 다양성도 사라지고 애틋하거나 가슴 조이는 일은 더구나 없게 된다. 인내하고 기다리면서 소망을 포기하지 않고 기도하는 마음이 늘 살아 움직여야 한다.

하늘과 땅은 자연이다. 그러므로 등식이 성립한다. 하늘과 땅을 자기 마음대로 장난질을 하고 자연을 훼손해도 당장은 아무런 불평이나 분노를 나타내지 않는다. 자연을 마구 할퀴고 짓밟아도 모든 것을 포용하고 말이 없이 제 역할을 잘도 한다. 그렇지만 까불어도 비웃어도 말이 없다고 자연을 우습게 알면 큰코다치게 된다.

하늘과 땅의 분노가 시작되면 그 으르렁거림은 어느 누구도 막을 수 없이 속수무책이 된다. 자연은 신의 모습과 닮은꼴이다. 초자연적인 현상은 인간의 힘으로 가로막을 수가 없다.

자연은 인간을 지배할 수는 있어도 인간에게 조롱당하는 것을 허락하지 않고 단호하게 거부한다.

인간이 신의 아래에 있을 수는 있어도 신의 위에 군림하려는 것은 어리석음의 발로인 것이다.

신은 인간에게 복원력이라는 신의 특허를 주셨다. 환경이 파괴되거나 우리 몸의 어떤 흐름도 일시적으로 문제가 생겼다고 망가져 버리는 것은 아니다. 자연적인 치유를 통해 복원할 수 있는 것이다. 이것은 신의 뜻이라고 생각한다.

빙하가 녹고 자연재해가 발생한다고 해서 그것이 영속적으로 문제를 일으키는 것은 아니다. 산불이 나서 산이 까맣게 타들어 갔어도 시간이 지나면 새싹이 돋고 초원을 이루며 숲을 다시 만들어 낸다.

세상의 모든 현상은 신의 뜻이라고 보아야 한다. 신의 뜻을 거스를 수는 없는 것이며 거역할 수도 없다. 성급하게 애태우지 말고 기다림의 철학을 내 안에 담아 두어야 한다.

나는 나만의 공간 서재에서 모든 스위치를 내려 전기를 끈다. 불빛의 차단이다. 달빛도 끄고 별빛도 끄니 암흑뿐이다. 그리고 하늘의 신에게 매달려 나의 영적 구원을 하나에서 열까지 조잘조잘 얘기한다. 삶의 과정에서 시시각각으로 갈기갈기 찢어지고 상처받고 허약해진 영혼을 구원해 달라고 갈망한다.

살아온 날들을 뒤돌아보니 허무하다는 것, 아무것도 아니라는 것, 남는 것이 보잘것없다는 것을 하소연한다. 또한, 앞으로라도 어떻게 사는 것이 정답인지를 알게 해 달라고 눈물로 호소한다. 아니 하늘이 다시 살게 해 준다면 잘살 것이라고 투정도 부려 본다.

나이가 들어가면서 하늘을 보는 날이 늘어만 간다. 기도도 하고 신의 소리를 경청해 보려고 최선을 다한다. 우리는 사는 동안 천지에 겸손해야 함을 마음에 각인시키자.

2. 무한 경쟁(無限 競爭) 시대

우리들의 삶은 나와 남의 '샅바 싸움'에 비유된다. 샅바는 씨름에서 허리와 다리를 둘러 묶어 손잡이로 쓰는 천이다. 샅바는 본경기인 씨름에 앞서 사타구니에 띠를 끼우는데 폭은 약 60cm 길이는 허리를 5~7회 감을 정도로 튼튼한 천으로 만든다고 한다.

본 경기에 앞서 샅바를 유리하게 잡기 위한 선수들의 신경전을 보면 승자를 향한 인생의 단면을 보는 느낌이다. 무한 경쟁 사회에서 조금이라도 자신에게 유리한 장면을 만들어서 경쟁 상대를 압도하고 녹다운시키려는 심리가 숨어 있기 때문이다.

我(아)는 나를 말하며 내 편, 즉 우군이다. 나는 무엇이든지 할 수 있다는 생각이 출발점이다. 따라서 나는 자아실현과 자기 발전을 위해 계속해서 쉬지 않고 채찍질하며 독려한다.

소크라테스가 '너 자신을 알라.'고 충고하는 것은 세상사의 출발점이 나(我)로부터 시작되기 때문이리라. 나를 안다는 것은 불쏘시개에 기름을 붓는 것처럼 삶의 과정에 자극을 주고 자신감을 심어 준다. 그러나 나는 거친 바람에 꿈쩍 않고 자세를 유지하며 의젓함을 지키기 위해 때로는 내면의 갈등도 느낀다.

나(我)는 과거에 갇혀 있으면 큰 걸음을 내디딜 수 없다. 또한, 미래를 내가 원하는 방향으로 무조건 펼쳐 가면 저항을 느낀다. 가볍게 댄싱하듯 즐겁게 삶의 무거움을 줄여 가는 똑똑한 삶을 지향해야 한다. 그리고 나(我)는 늘 남(非我)의 공격으로부터 자신을 보호하기 위해 긴장의 끈을 놓지 않는다. 따라서 견고한 방어선 구축에도 게으르지 않게 심혈을 기울일 필요가 있다.

남(非我)은 내가 아닌 타인이다. 나와 겨루게 될 상대방이다. 남은 범위가 제한적이지 않고 광범위하기 때문에 그야말로 내막을 알 수 없는 사람들 모두가 해당된다. 범위를 좁혀서 잦은 만남과 거래가 있는 사람들은 우연히 획득한 정보를 통해서 그들의 속마음을 읽게 된다. 그러나 사람의 심리는 언제 어디로 튈지 모르므로 알 수 없는 미지수라고 보는 것이 옳을 것이다.

나(我)와 남(非我)은 선과 악을 마음에 함께 가지고 있다. 선(善)은 인간의 도덕적 기준에 맞지만, 악(惡)은 인간의 도덕적 기준에 어긋난다.

선과 악은 잠재 상태로 존재하며 의식보다는 무의식 속에 숨어 기회를 엿본다. 그리고 필요할 때는 언제든지 무의식 속에서 튕겨져 나와서 그 역할 수행을 할 수 있는 가변성이 있다.

나와 남은 선과 악이 공존하면서 이럴까 저럴까를 반복하며 앞서거나 뒤서거니 우열을 가릴 수 없을 정도로 팽팽한 결투가 계속된다. 선이 대세인 듯 리드하다가도 악이 고개를 쳐들고 선을 깎아내리려 도전하면 끊임없이 역전의 역전을 거듭하게 된다.

세상은 겉으로는 사람들의 모습이 같게 보이지만 안으로는 자기 색깔이 뚜렷한 사람들이 대다수이다.

선한 사람과 악한 사람, 강인한 사람과 허약한 사람, 똑똑한 사람과 미련한 사람, 겸손한 사람과 교만한 사람, 듬직한 사람과 가벼운 사람, 이기적인 사람과 헌신적인 사람, 진실한 사람과 거짓된 사람, 타인을 배려하는 사람 등등 다양한 사람들이 있다. 이들은 공동체를 이루며 서로 섞여서 숨바꼭질을 하며 산다. 때로는 가면을 쓰기 때문에 알다가도 모를 경우가 부지기수이다.

누구든지 평생을 살아가면서 위의 예시한 사람들과 생사고락을 같이 하며 부닥치고 부대끼면서 애환을 넘겼을 것이다.

겪어 보지 않으면 알 수 없는 사람의 됨됨이를 냉정하고 신속하게 파악할 줄 아는 인간관계 기법을 익히는 훈련이 필요하다. 일반적으로 사람의 본색은 드러나는 걸 거부하고 교묘하게 숨어서 치고 빠지기 작전을 거듭한다는 것을 염두에 두어야 한다.

무의식 속에 저장되어 있는 그만의 세계는 일상에서는 바깥나들이 하기를 거절하고 결정적인 찬스가 도래했을 때 선명한 색깔을 나타낸다. 진짜 그의 모습과 가짜 그의 모습을 선별하기 어려운 것도 무의식의 함정이 있기 때문이다. 따라서 우리는 복잡다단한 인간관계 속에서 상대를 바라보고 측정 평가하면서 적절한 대응 카드를 꺼내야 한다. 남(非我)의 모습이 진짜인지 가짜인지 우연히 튀어나와서 휘젓고 있는지 살펴보는 지혜가 필요하다.

어떤 경우는 나타난 장면이 헷갈려서 혼란을 초래하기도 한다. 또한, 대응 카드에 에러가 생겨서 진퇴양난에 빠져드는 경우도 발생한다. 탈출구마저 폐쇄되어 오도 가도 못 하는 난처함도 겪게 된다. 이런 경우는 사람이 완벽할 수 없다는 것과 인간의 한계를 인정하고 최선의 선택을 빠르게 강구해서 대처하는 것이 현명하다.

신이 인간을 창조했을 당시는 무아 경지의 상태로 선과 악을 구분할 수 없었다는 것이다. 그런데 선과 악은 에덴동산에서 신의 당부를 깨뜨린 선악과 사건에서 그 근원이 시작된다.

까마득한 에덴동산 시절부터 오늘날까지 선과 악은 공존하면서 엎치락뒤치락 끝없는 대결과 견제, 승산 없는 싸움이 지속되고 있다. 그것은 서부 영화에서 쫓고 쫓김을 거듭하면서 선과 악의 총잡이들이 황야의 결투를 보고 있는 것과 다르지 않다.

필자의 생각으로는, 나(我)와 남(非我)은 선(善)을 선호하고 악(惡)을 멀리하지만, 악(惡)은 나름대로 선(善)에게 지지 않기 위해서 유혹의 손

길도 멈추지 않으리라 확신한다.

그 유혹은 아주 달콤하고 맛이 뛰어나서 구미가 당기지만 악을 쫓아내기 위한 경계심은 늘 살아 있어야 한다.

어찌되었건 선과 악은 저마다의 영역에서 사람의 마음을 흔들고 갈등을 부추기며 판단의 오류가 발생하길 바랄 것이다.

세상은 선(善)과 악(惡)으로 인해 파생되는 문제로 나와 남의 역사를 써내려 간다. 이렇게도 해석하고 저렇게도 기술하면서 혼란은 멈추지 않게 계속된다. 악은 선에게 늘 태클을 걸고 선을 압도하려고 활개를 친다. 우리는 이것을 기억하고 악을 멀리하고 도태시키기 위해 지혜를 창안하고 알뜰하게 쌓아 나가야 한다.

무한 경쟁 시대는 쉼 없이 이어지고 계속되기에 발 빠른 대응도 필요하고 그 열기를 식히는 지혜도 강구되어야 한다. 그것은 화합의 머릿돌을 놓는 예쁜 사람들이 시작해야 한다.

3. 늙음의 철학

사람이 늙는다는 것은 특정 부분의 노화가 아닌 전반적으로 낡음과 닳음으로 인해 기능이 저하됨을 의미한다.

노화의 진행은 자연스러운 현상이기에 허무한 감정을 느끼거나 슬퍼하거나 분노할 필요 없이 받아들여야 한다. 또한, 마음의 위축이나 고독감, 같이 있음에서 혼자로 바뀌는 허전함도 경계해야 한다. 늙었다고 애달파하거나 세상 다 살았다고 푸념하고 구박하며 저주할 까닭도 없으며 누구나 늙음의 과정을 밟아 가는 것이라고 인정해야 한다.

우리는 누구나 어머니의 몸을 빌려 세상에 오면서 천년만년 살겠다고 특허를 낸 것도 아니고 그럴 당위성도 없다. 또한, 기득권이 있거나 독점권을 행사할 권한도 없음은 물론이다.

생존 기간이 정해지거나 약속한 것도 없고 더구나 보장이라는 단어도 생애 시점에는 없다. 그저 자연에 순응하면서 사람들과 가깝게 어울리고 의식주도 자기 입맛을 찾고 맞추어 가면서 인생의 끝부분을 여한 없이 즐겨야 한다. 또한, 독불장군처럼 까칠할 필요도 없고 남에게 군림하려 함은 관리자 시절의 행태이니 버려야 한다.

만약 우리 삶이 소년 시절, 학창 시절, 청년 시절이 계속된다면 어떤 일이 벌어질까? 아마 답답하고 서글프고 재미없음은 당연하고 삶이 지치고 질려 버려 정신의학과에 진료 신청을 내는 불상사가 생길 것이다.

사람은 유아기, 소년기, 학생기, 청년기 장년기, 노년기 등의 성장 단계를 거치며 농익어 가며 선인도 악인도 만나게 된다. 그런 와중에서 추억도 쌓고 사랑도 만들면서 욕망의 대명사라 불리우는 재물도 축적하는 것이 보통의 삶이다. 단 한 번의 기회밖에 없는 세상 구경을 멋지게 하고 보람 있고 값진 인생으로 다듬어 가야 한다. 마치 불국사의 석가탑을 쌓는 것처럼 하나하나 차근차근 인내를 실험하면서 심혈을 기울이는 정성이 담겨야 길이 남을 인생의 탑이 완성되는 것이다.

우리가 젊어서는 세월의 흐름이 정지된 듯 느리고 더디어 답답해했다. 그렇지만 나이가 들면서 세월은 고속도로를 달리듯 또는 초고속 열차에 몸을 실은 듯 헤아릴 겨를도 없이 빠르게 지나간다. 누구나 세월의 무게를 비켜 갈 수도 이길 수도 거부할 수도 없는 것이 자연의 이치이다.

사람은 나이가 들어가면서 노화의 징후가 나타난다. 체력은 존재감의 상징인데 뇌는 그것을 빠르게 인지하고 젊음을 유지하기 위해 재빠르게 작전에 돌입한다. 그런 이유는 나의 존재가 늙음보다는 젊음을 선택하고 그건 인간의 간절한 소망이요 바람이기 때문이다.

자연의 흐름은 두 팔을 벌려 가로막는다고 해서 원하는 대로 고분고분 들어주리라는 것은 착각이다. 늙음을 거부하고 떼를 쓴다 해도 또는 엇박자를 놓는다고 해도 그건 자연 앞에선 애교일 따름이다. 살아가면서 얻은 작은 깨달음은 우주의 법칙에 따라오라고 메시지를 주면 따라야 함이 옳은 결정이다.

나는 우주에서 눈에 잡히지도 않는 미세한 먼지에 불과할 뿐이다. 잘나도 못나도 똑똑해도 미련해도 유식해도 무식해도 주어진 기간 동안 존재할 뿐 그 이상을 원함은 희망 사항일 뿐 관철할 수도 없다.

노화를 쉽게 인지하게 됨은 몸이 예전 같지 않다는 데에 기인한다. 금방들은 말도 기억을 하지 못해 다시 묻게 되고 그걸 반복하다 보면 상대방에게 핀잔을 받고 경원시를 당한다.

나는 요즘 어쩌다 거울에 비친 내 모습에 나도 모르게 화들짝 놀란다. 인생살이 걱정거리도 많고 근심도 잦다 보니 신경이 분산되고 밤잠도 설친다. 신경이 예민해지면서 밥맛도 잃고 만사가 귀찮아지기도 한다. 삶의 기복이 심하니 슬픔도 쌓이고 시련을 이겨 내려는 의지는 중심을 잡지 못하는 경우가 비일비재하다. 생기 넘치고 발랄하며 진취적인 기상은 언제 사라졌는지 기억이 나지 않는다. 고난에 의기소침하고 내가 지쳐 가고 있다는 것에 슬픔을 느낀다.

몸의 노화가 진행되면서 마음도 늙어 갈 것으로 생각하지만 마음은 정반대로 청년과 크게 다르지 않고 싱싱하고 푸르름이 늘 함께한다. 몸과 마음이 따로 국밥인 듯 놀이터에서 저마다의 놀이를 즐긴다.

일본에서는 나이가 먹을 만큼 먹었는데도 죽지 않는다고 장수 병이 문제라고 난리가 나고 노인 경시 압력이 은근히 퍼진다고 한다.

노인에게 저주를 퍼붓는 것을 신경 쓰거나 아랑곳하지 않고 무시해야 한다. 억지로 어떻게 죽으라는 말이냐고 항변하면서도 밀려오는 슬픔을 잠재울 수는 없다. 이러다가 우리도 고려장이 현실적 방안으로 재도입될까 불안해진다. 죽어야 할 사람들이 죽지 않고 버티고 있으니, 사회 순환이 되지 않고 꽉 막혀 있다고 얼른 갈 길을 가라고 재촉하는 장수 병 시대에 늙은이는 눈치 보며 살아간다.

얼마 전 모 가수는 〈날 데릴러 오거든〉이라는 노래로 젊은이들과 맞장을 떴다. 사실 인간의 수명을 하늘이 내리는 것임은 분명하다. 천수라는 말이 인간 뜻대로 되지 않는 신의 영역일 것이다.

노인이 하도 죽지 않으니 노인 정리 또는 노인 청소를 위해 코로나바이러스라는 특파원을 전 세계에 파견하지 않았나 의심했지만, 코로나는 젊고 늙고를 가라지 않는다.

그런 와중에 나는 젊게 살려고 성형외과를 찾았다. 그동안 살아오면서 보톡스에 대한 이야기를 귀가 따갑게 들었지만 나와는 관계없는 주사라고 외면했었다. 그런데 얼굴에 주름이 증가하면서 보톡스에 관한 경험담을 빠트리지 않고 열독하게 되었다.

긍정적인 면과 부정적인 면을 저울질하면서 믿고 맡길 의사를 선정했다. 그리고는 아내 모르게 성형외과를 찾는 것이 겸연쩍어서 은근슬쩍 의견을 물었다. 아내는 펄쩍 뛰면서 늙음을 있는 그대로 둘 것이지 왜 인공의 힘을 가하느냐고 흥분된 어조로 훈계를 늘어놓는다.

내 생각으로는 늙어 같이 다니는 것이 부담스러워서 특단의 방법을 강구했건만, 혼쭐이 날 정도로 난리를 치니 진퇴양난의 코너에 몰린 느낌이다.

사실 외과적 수술로 거미줄 주름을 펴는 것이 겁이 났다. 보톡스 주사를 맞으면 주름살을 만드는 근육을 일시적으로 마비시키고 그 근육 위의 피부가 펴지면서 자연스럽게 주름살이 없어지는 방식이라는 의사의 부연 설명이 생각났다. 그리고 피부과를 찾아 검버섯 치료를 위해 냉동치료를 상담받았다.

냉동 치료는 영하 195.6도의 액화 질소를 이용해 피부를 급속 냉동시켜 검버섯 조직을 선택적으로 파괴하여, 치료한다는 것이다. 그러나 결국 대학 병원에서 장기간에 걸쳐 이 방법을 시행했지만, 실패로 끝났고 마지막으로 레이저 치료 방법으로 검버섯 제거는 되었지만, 미세한 흉터는 남아 걱정을 한다.

레이저 치료는 레이저 광선을 이용하여 환부를 절제하거나 제거하는 방법으로 효과는 뚜렷했다. 나는 늙음이 불안하고 초조하게 만드는 데서 오는 병적 반응이라고 날 꾸짖었다. 그리고 자연스럽게 늙어 가자고 내 몸에 주사기나 칼을 대지 말라고 다짐해 보는 아침이지만 그 다짐이 지켜질지 의문이다.

늙음은 자연스런 현상이다. 살아 있는 생명체는 누구나 출생부터 성장 과정을 거쳐 죽음까지의 과정을 거치는데 늙음은 그 여러 과정 중의 한 부분이다.

늙음을 자연에 빗대어 말하면, 푸른 풀밭에서 꿈꾸고 즐기며 의지대로 싱싱하게 살다가, 흐르는 시간에 치여 퇴색해 가는 나뭇잎이 된 시점이라고 비유적으로 표현할 수 있다.

삶의 여러 과정을 거치는 동안 수많은 고뇌 속에서 번민도 했고 걸어 나갈 수 없는 장벽 앞에서 좌절도 했으며 풀리지 않는 삶에 고통도 느꼈을 터인데, 사람은 시련 앞에서는 오히려 더 강해지는 법, 수(數)도 없이 넘어져도 딛고 일어서고 멘탈(mental)도 더 강해짐으로 버티고 살아온 세월이 늙음이라는 과정의 위치에 있는 것이다.

외면의 중요성에 가치를 둔 사람은 그 늙음에 대한 번민이 더욱 클 것이고, 내면의 가치에 그 의미를 더 크게 둔 사람은 타인의 시선에 굴하지 않고 자신의 변화와 가치에 만족하며, 늙음으로, 더욱 무르익어 갈 자신의 미래에 대해 기대와 응원을 보낼 것이다.

또한, 늙음으로 불소통(不疏通)의 의지가 아닌 합리적인 사고로 세대 간 소통을 유도는 여유를 가지는 것이 참 늙음의 의미라고 생각한다.

아름다운 늙음은 위대한 것이다. 그럼으로 자연적인 과정의 늙음에 당당하자.

4. 생애 뭘 남길지

인간은 생로병사의 숙명을 떠안고 단 한 번의 기회밖에 주어지지 않는 생애를 살아간다. 누구나 again 없는 삶이고 주어진 생(生)의 기간을 뛰어넘을 수도 없다.

역사적으로 지금 우리는 동시대(同時代, 같은 시대)를 사는 사람들이며 그 인연 또한 예사로운 일은 아니다. 시대적 구분이 무의미하고 큰 의미도 없다고 말할 수 있지만 같은 시대에 존재한 사람들끼리의 횡적 종적 연대는 그들의 생애에서 남긴 흔적을 일목요연하게 볼 수 있다는 장점도 있다.

같은 시대의 사람들은 우연한 만남을 통해 인간관계를 형성해 나간다. 인간관계는 선(善)과 이익을 만들고 때론 독을 낳기도 하며 흥망의 갈래를 구분 짓기도 한다.

삶에서 만남은 곧 인간관계를 의미한다. 여기서 생애의 중요한 세 가지 만남을 들라면, 부모와의 만남, 자녀와의 만남, 스승과의 만남이라고 할 수 있다.

부모와 자녀의 만남은 무촌 관계의 가족이며 가정이라는 울타리를 형성한다. 부모는 일거수일투족이 모델이 되기 때문에 모범적 삶을 보여주어야 할 책임과 의무가 있다.

자식은 부모의 분신이면서 희망 그 자체이다. 따라서 부모의 기대에 어긋나지 않는 수범의 길을 가고 큰 인물로 성장해야 한다.

스승은 부족한 제자를 일깨우고 인도하며, 갈고 다듬고 세상을 앞서 살아가는 선각자이기에 쪼아대며 기를 넣어서 미래의 아름다운 작품을 만드는 작은 신(神)의 역할을 해야 한다.

부모 자녀 스승은 독립적인 존재이지만 서로 연결되어 있어서 나의 성장과 발전에 절대적인 영향을 미친다. 특히 스승은 나를 일깨우고 나를 이끄는 선각자이다. 나는 현직에 있으면서 교육대학원 문을 두드렸다.

교육대학원은 학문 연구를 주목적으로 하는 일반 대학원과 다르게 교과 학습 방법을 접목하고 교육 이론을 교육 현장과 연계하여 현직 교사를 재교육하는 것이 가장 중요한 목적이다.

나는 당시 교육대학원장이신 난정 박사님과 미팅 시간을 갖고 격의 없이 대화를 나누었다. 박사님은 우리말 중세어를 연구하여 『고어사전』을 편찬하시고 어문 교육에서 언어 능력을 드높이는 지름길인 한자 병행 교육을 생애 내내 역설하신 위대한 교육자이고 내 인생의 의미와 물꼬를 트게 한 선생님이다. 그분은 민족 번영의 길은 교육의 역할에서 찾아야 한다고 강조하고 강의 내용도 메시지가 분명함은 물론이다.

선이 굵은 학자이면서 개성이 강하고 소신과 그 이미지가 인상적인 교육자이셨다.

그분의 학문적 고집은 하늘을 나는 새도 떨어뜨릴 수 있을 정도로 대단하셨다. 난정 박사님의 교육에 대한 열정과 방향설정, 인간적인 카리스마, 옳다고 생각하면 흔들림 없이 밀고 나가는 추진력은 지금도 교훈으로 살아 있다.

난정 박사님은 클라이언트인 나에게 인간이 이 세상에 발을 딛게 된 연유를 생각하라면서 선택하여 보낸 것은 뭔가 그 흔적을 남기라는 메시지가 들어 있다고 조언했다. 그러면서 '생애에서 뭘 남길 것인지.'를 질문하였다.

나는 머뭇거리며 '호랑이는 죽어 가죽을 남기고 사람은 이름과 주민등록번호를 남깁니다.'라고 얼떨결에 답변했다.

그렇다. 짧다면 짧고 길다면 긴 것이 인생이다.

이 땅을 밟고 존재하는 한 민족을 위해 조국을 위해 사회를 위해 가문을 위해 가정을 위해 뭔가를 남기고 떠남이 값진 일이라는 것을 가슴에 안고 살아야 함을 절실하게 느낀 계기가 된 것에 감사한다.

나는 교장님 모임에서 '생애 뭘 남길 것인지.'를 설문을 내고 학교 수업 시간에도 똑같은 질문을 고3 학생들에게 던졌다. 사람마다 답은 중구난방이었지만 무의미한 삶이 아닌 생애 뭔가를 남겨야 할 깨달음을 준 계기가 되고 갖가지 답변은 더 중요한 소득이었다.

질문에 대한 답변을 요약해서 정리해 본다.

- 자기 전문 분야를 집대성한 노하우의 전수와 기록물, 그리고 금쪽같은 자식을 두어 대를 이어 가게 함.
- 노벨 문학상은 어렵지만, 불후의 명작이 될 문학 작품의 집필(시(詩), 소설, 수필집 등).
- 금고에 가득 채워 더 이상 채울 수 없을 만큼의 돈다발.
- 부동산을 하나라도 남김(아파트, 상가, 오피스텔, 빌딩, 단독주택, 토지, 임야 등).
- 교육을 통해 인재를 길렀다는 선생의 자부심.
- 어린이를 위한 동요집 동화집 발간.
- 특허품을 발명해서 후손들이 편안하게 살 수 있는 아이디어 개발.
- 화가로 유명한 그림과 화집 발간.
- 기네스북에 오를 정도의 기능의 뛰어남과 독특함 전달.
- 길이 빛날 가훈을 만들어 후손들이 실천하게 함.
- 가족 기업의 창업으로 가업 물려주기.
- 유명하고 본받을 종교인 상(천주교, 기독교, 불교, 이슬람교 등).
- 당대에서 가족이 함께할 가족 봉안묘를 남김.

- 내가 주연으로 출연하는 영화를 만듬.
- 한석봉을 능가하는 서예가로 작품을 남김.
- 자서전을 통해 살아온 흔적을 기록으로 남김.
- 작은 생활 용품을 발명 구안하여 생활에 도움을 줌.
- 재능을 무료로 봉사하는 재능 전수자.
- 평생 동안 찍은 사진을 집대성하여 앨범으로 남김.
- 죽으면서 유언장과 유품을 남김.
- 장기 기증이나 헌혈을 많이 한 사람으로 기억되게 함.
- 대구 최부자 집처럼 가난한 사람에게 재물을 나누어 줌.
- 내가 작사 작곡한 노래를 남김.

그들이 세상에 남기고 싶은 것은 끝없이 많고 다양하고 이색적이었다. 우리가 세상 소풍을 마치고 뭘 남길까 하는 문제는 난해하고 복잡하며 콕 집어서 말하기 어려운 것은 사실이다. 다만 내가 없는 시간과 공간에도 내가 남긴 것에 대한 좋은 평가와 기억이 후대에 살아남는 것은 큰 의미가 있고 영광이 따르리라. 그리고 내가 심혈을 기울여 쓴 불후의 명작이 누군가와 공유하고 감명 깊게 읽혀져서 긍정적인 삶에 영향을 미칠 수 있다면 가문을 빛내는 것이다.

비록 나는 세상을 떠나서 존재하지 않지만, 대중의 가슴속에서 선인(先人)의 생각이 지속적으로 울림의 종소리가 되길 소망한다. 후손이 정신적으로 성장하는 데 모델 역할을 하고 싶다는 의견이 많았다.

한우는 송아지 시절을 벗어나면 들에 나가 등에 쟁기를 걸고 밭을 갈고 일구면서 고된 노동에 시달린다. 소가 먹는 것은 채식인데 저걸 먹고 힘이 날까? 의심 반 걱정 반이다. 한우는 평생 동안 주인에게 노동력을 제공하고, 끝내는 우리가 선호하는 소가죽과, 맛있는 한우 고기를 제공하며 그의 생애를 끝낸다.

또한, 돼지는 수준 이하의 잡스런 먹이를 취하면서 단기간에 살을 찌워 사람들이 좋아하는 돼지고기를 제공한다.

어떤 사람은 돼지는 죽어서 돈가스를 남긴다는 우스갯소리를 하기도 한다.

호랑이는 죽어서 가죽을 남긴다는 옛말이 있지만, 호피는 문양이 뛰어나고 용도도 다양해서 비싸기로 정평이 나 있다. 옛날에는 호피를 집 안에 두면 악귀가 들지 못한다는 전설도 있다.

인간은 만물의 영장으로 불리면서 세상을 지배하고 있다. 태어나서 죽음에 이르는 생애 동안 우리가 남길 수 있는 것은 무궁무진하다. 사실 우리는 백 년도 살지 못하지만, 세상에 초대받아 마지막 거(去)할 때까지 내가 살아온 과정과 흔적들을 기록으로 남겨야 한다. 가능하면 육하원칙에 따라 문자나 화면으로 자료화한다면 후손들은 귀감으로 삼아서 세상을 아름답고 멋지게 사는 머릿돌 역할을 하게 된다.

사실 미시적 관점에서 내 삶의 남길 만한 업적을 고민하고 연구하는 일은 폭넓은 식견을 가지고 정리해 나갈 수 있는 일이다. 그러나 거시적 관점에서 사회의 일원으로 후대에 남길 것을 생각할 때는 더 큰 책임과 의무가 따르기 때문에 많은 생각을 공유하고 연구하고 실행하는 작업이 필요할 것이다.

거시적 관점에서 보는 한 예로는 후대가 살아갈 쾌적한 환경에 대한 기틀을 마련하는 일, 풍족한 먹거리의 기반을 갖춰 주는 일, 자연과의 조화로운 삶을 추구하기 위한 작업 등등 무수한 과제들이 선대의 책임으로 놓여져 있어 그 해결책의 기초라도 만들어 놓는 작업이 거시적인 관점에서 볼 때 우리가 남겨야 할 일이 아닌가 생각한다. 후대가 머무는 세상이 조금 더 살기 좋은 세상이 될 수 있도록 하는 것이 우리의 과제이기도 하기 때문이다.

생애 무엇을 남길까에 대한 논점은 무겁고, 어쩌면 회피하고 싶은 주제이기도 하다. 주어진 인생이니 그냥 조그만 목표를 가지고 사는 건데 뭐 복잡한 생각을 하며 피곤하게 사는가라는 불만을 토로하기도 하겠지만 책임 의식을 가지고 조금만 더 깊게 생각해 보자.

생애 남길 것이 당장은 엄두가 나지 않고 두렵기도 하지만 시작이 반이라고 생애 남길 것을 명상하면서 실행의 길로 들어서 보면 어떨까? 스스로에게도 주문해 본다.

5. 미투(Metoo)를 들여다보다

오늘날 한국 사회는 물론 세계를 뜨겁게 달구고 있는 Metoo 운동은 여성의 눌린 삶의 실상을 전면에 내보이게 하려는 여성 독립운동이면서 남성 우위 내지는 남성 갑질의 세상을 시정하려는 시각도 강하다고 본다.

즉 남성의 일방적 패권 지위를 약화시키고 상대적으로 낮았던 여성의 지위를 높이고 여성 압박의 근인과 원인을 제거하는 데 비중을 두고 있다.

농경 사회가 힘을 바탕으로 둔 남성 중심의 사회였기 때문에 그 당시에는 남성 지배에 그 누구도 부정하거나 이의를 제기하지 않았다. 그러나 지금은 예와 기(技)에 바탕을 둔, 다양성, 복잡성, 예술성을 함께 필요로 하는 새로운 세상이 전개되고 있다. 따라서 남성의 권위는 쇠하고, 남성의 생산성만으로는 기대 수준을 충족시킬 수가 없고, 여성의 힘을, 필요로 하는 시대가 도래하였다.

여성의 섬세함과 예술적 감각이 가미되어야 생산성 향상에 플러스알

파를 가져올 수 있다고 많은 사람이 동의하고 있는, 상황이다.

오늘날은 가정에서 가족의 식문화를 책임지고 아기를 양육하며 잡다한 집안일을 돌보는 여성의 역할을 뛰어넘는 사회적 부름의 일반화하고 있다. 즉 여성을 밖으로 끌어내서 사회 참여 활동을 높이고 생산성 향상에도 한 몫을 담당하게 하고 있다. 문제는, 같은 노동력을 제공하고도 남성에 비해 저임금이라는 차별과 함께 노동의 질도 열악한 분야를 담당하고 있다는 것이다. 건강 복지 후생 부분도 뒤떨어짐은 물론이다. 더구나 충격적인 것은 일부에서는 여성을 남성의 성적 놀잇감이라는 노림수가 있어 여성은 무방비 상태로 말려들고 당하고 있는 것 이다.

사실 여성은 마땅히 존중되어야 함은 불변의 진리이다.

여성은 산고(産苦)의 아픔을 거뜬하게 이겨 내고 양육이라는 엄청난 부담을 모성의 강한 힘으로 헤쳐 나간다. 또한, 유아가 남의 힘을 빌리지 않고 사람으로 혼자 설 수 있도록 만드는 것은, 여성의 오묘한 양육 기법과 교육의 노하우로 가능한 것이다. 여성이 약자이기에 남성의 도움과 아량을 보여야 한다는 것은 설득력이 약하고 모순이라 생각한다. 여성의 강함은 남성을 능가한다는 것을 그녀들의 삶에서 얼마든지 발견할 수 있다.

아이들이 뭘 모르는 어린 시절이나 피 끓는 청년 시절이나 완숙이 돋보이는 장년 시절에도 어머니에 대한 애착 내지는 고마움이 아버지보다도 월등하다는 것은 깊이 생각하지 않아도 그 쏠림 현상을 흔히 목격하게 된다.

나는 주변 사람들이 부친과 모친이 사망했을 경우 장례식장에 가 보면, 부친상보다도 모친상일 경우 자녀들이 더 슬퍼하고 가슴 아파하는 것을 꽤 목격하고 그 이유를 나름대로 분석해 보았다.

어머니는 겉으로는 가냘프고 허약해 보이지만 내면에 흐르는 근성은 아버지를 능가하고도 남음이 있다. 성장하는 과정에서도 아버지의 영향보다도 어머니는 자녀의 가슴에 안주하면서 삶의 지혜를 게시하고 있음은 분명한 사실이다.

인류 역사는 이념의 대립, 민족의 대립, 국가의 대립, 남녀 간 대립, 종교의 대립 등으로 하루도 편할 날이 없이 갈등과 긴장이 계속되고 있다. 대립 상황이 초기에는 언어라는 말싸움으로 시작하지만, 그 도를 넘어가다 보면 감정과 흥분 그리고 헤게머니가 개입되어 치고박고 결판을 내야 하는 분쟁으로 발전한다.

그런 와중에도 우리가 간과하기 쉬운 것은 고대로부터 현재까지 이어진 남녀의 대립 문제를 떠올리게 된다. 예전에 여자의 삶의 질(質)은 남자의 삶의 질(質)에 비해 뒤떨어졌음은 분명히 짚고 넘어가야 하는 논쟁거리이다. 현대에 와서 조명해 보면 참으로 가슴 아픈 일이다.

여성이라고 해서 홀대받거나 천대받을 까닭이 없음에도 불구하고 버젓이 남성이 여성을 지배하는 나쁜 선례가 공공연히 행해진다는 것이다. 이에 대한 통렬한 반성과 시급한 시정이 뒤따라야 하며 인간의 평등성을 역행하는 나쁜 문화를 불식시켜야 함이 우리의 과제라고 생각한다. 여성은 남성의 그늘 속에서, 여성이 가지고 있는 능력을 발휘하지 못하고 뒤쳐져야만 한다는 것은 가슴 아픈 일이다.

이슬람 사회에서의 여성의 지위는 비참하다 못해 끔찍해 가슴을 아프게 한다. 그들은 남녀 간의 평등과 원초적인 성적 즐거움을 추구하기보다는 여성을 대를 잇기 위한 수단으로 취급한다. 물론 신이 인간을 창조할 때에 남녀의 차이를 둔 것은 부인할 수는 없다.

남녀의 일반적인 특징을 내 나름대로 간단하게 적어 보면 다음과 같다.

- **남성**

  외향적 경향이며 진취적이고 단순하다.

  밖에서 활동하며 가족 먹거리를 책임진다.

  스케일이 크지만 허점(虛點)과 실수가 많다.

  사랑에 냉정한 경향성이 있다.

  적극적이며 다양함을 추구한다.

  감성적보다는 이성적 성향이 강하다.

- **여성**

  내향적 경향이며 보수적이고 복잡다단하다.

  가정적이며 육아, 식생활, 가정 문화를 책임진다.

  세심하고 꼼꼼한 일 처리 능력이 뛰어나다.

사랑의 꺼진 불도 다시 보고 아쉬워한다.
소극적이며 모든 것을 사랑으로 접근한다.
이성적보다는 감성적 성향이 강하다.

남녀는 신체적인 성의 차이일 뿐 따로 떼어 놓고 이러니까 이래야 한다는 선입견을 갖지 말아야 하며 이는 금기 사항이라 할 수 있다.

남녀는 역할과 몫이 상이할 뿐이고 서로 부족한 부분을 보충하면서 상생의 길로 가야 한다. 그것은 수레를 앞에서 끌고 뒤에서 밀며 세상사의 험난함을 제거하면서 동행한다는 데 의미가 있다. 남성과 여성은 완전한 양성평등이 바람직하고 가장 이상적이긴 하나 그것은 하나의 바람일 수밖에 없긴 하다.

성의 역할은 두부나 메밀묵 자르듯이 똑같다고는 말하기는 어렵다. 세상을 주도해서 이끌어 가는 것은 남성일 수밖에 없지만, 여성이 협력자임을 잊으면 평화는 깨지게 된다.

예를 들어 무도회장에서 춤을 추는 경우에 남성은 부지런히 여성을 자기가 의도하는 방향으로 돌리고 돌리고를 계속해야 한다. 여성이 주도적으로 춤을 이끌 수는 없는 노릇이다. 이제는 여성 스스로 남성에게 의존하려는 경향이 농후한 것을 탈피해야 하고 그걸 은근히 기대하는 저자세는 마땅히 청산되어야 한다. 사실 남자가 여자에게 늘 잘해 줄 수는 없는 노릇이다. 인간이기에 심리적 기복이 심하고 그럴 때마다 여성에 대한 서비스도 오락가락하는 경우가 많음은 인지상정이다.

Metoo는 일시적 사회 현상으로 그치지 않고 앞으로도 계속될 것이다.

유행이라고 볼 수도 없다. 남성과 여성이 위아래의 종속 관계에서 좌우의 평등 관계가 확고하게 설정되기까지 험란한 저항은 수그러들지 않고 지속적으로 폭발하며 사회를 긴장시킬 것이다.

6. 비하인드 스토리(behind story)

우리가 사는 세계는 끊임없이 예측 불가능한 사건이 홍수를 이룬다. 사건이 꼬리에 꼬리를 물고 일어나면 심심치도 않고 둥글둥글 도는 세상에 재미도 느끼게 된다. 갖가지 사건의 종류나 내용에 따라서는 입에 오르내리는 횟수가 잦고 그 스토리도 증폭되어 걷잡을 수 없이 확산된다. 그런데 너나, 나나 가릴 것 없이 주된 사건의 핵심을 좇기보다는 그 뒷이야기에 열광하는 경향이 있다.

비하인드 스토리는 어떤 일에 얽힌, 알려지지 않은 이야기, 즉 내막을 지칭한다고 정의할 수 있다. 중국인들은 이를 배후적 고사(背後的古事)라고 해서 숨은 이야기 또는 드러나지 않고 감추어진 비공식적인 이야기라고 지칭한다. 그리고 그들도 배후적 고사에 대해 일희일비하며 그 스토리에 빠져든다.

비하인드 스토리는 복잡다단하고 밝히기 곤란한 것은 꼭꼭 숨어서 술래를 찾기 어렵게 장막을 치는 것이 보통이다. 가상의 허수아비를 내세우고 거짓 진술이 난무하는 등 알 수 없고 찾기 어려운 미로를 만들어 혼란을 부추긴다. 그렇지만 추적자는 포장을 뜯어내서 내부를 적나라하게 볼 수 있게 작전에 돌입하는 데 쉽지만은 않아서 숨바꼭질은 계속된다.

사람들은 내막에 가리어진 커튼을 걷어 내서 입맛에 따라 떠들고 픽션을 만들어야만 직성이 풀리기도 한다.

그 한 예로 Metoo는 사건이 터지면 꼴뚜기, 망둥이 가리지 않고 이리저리 참견하면서 댓글을 달기에 바쁘다. 댓글은 긍정과 부정, 긍정도 부정도 아닌 중간 입장, 비난과 폭언, 동정과 비아냥 등이 난무한다. 리트머스 시험지를 통해 한 번쯤 걸러야 하는데도 치고박고 난장판을 벌인다.

달린 댓글은 차후에 나쁜 결과를 낳고 치유할 수 없는 아픈 상처를 당사자의 가슴에 남기고 대못을 박을 수 있다. 그런 폐해는 아랑곳하지 않고 부화뇌동하면서 같이 떠든다. 그것이 '진실이든 거짓이든 알게 뭐야.' 하고 독백하면서 그 상황 자체를 즐기는 것이다. 작은 사실 하나를 침소봉대해서 가상의 소설을 쓰는 것은 보통이다.

예를 들면 〈백조의 호수〉를 작곡한 '차이코프스키'가 53세에 갑자기 세상을 떠나 세상 사람들을 놀라게 한다. 그런데 갑작스런 그의 죽음과 마지막 〈비창 교향곡〉의 비극적인 분위기 때문에 그가 자살했다는 소문을 퍼뜨린다. 사실은 그가 콜레라로 운명했다는 것이 정설인데도 자살했다고 입방아를 찌는 것이다. 또한 Metoo는 자기의 요구를 수용하지 않는다고 거짓으로 사실을 조작해서 당사자를 궁지에 몰아넣는 악녀도 존재한다. 우리 사회는 그런 악녀를 발붙이지 못하게 영원한 사회적 추방도 고려해야 한다.

사람들은 더 나아가 사건의 이면 세계를 나름대로 해석하고 상상의 나래를 맘껏 펼치고 미주알고주알 참견하려는 경향성을 띤다. 사건의 진실과 관계없이 살을 붙이기도 하고 떼어 내기도 하고 저마다 자작 글짓기를 하는 재미에 헤어 나오지 못하는 경우를 본다. 또한, 사건에 가감승제에 천재적 재능을 발휘하는 경우도 종종 있다.

모든 정보는 진실에 기초해서 알려져야 한다. 거짓을 포장해서 진실인 양 위장된 정보를 제공한다면 그 폐해는 형언할 수 없을 만큼 엄청난 결과를 낳게 된다. 우리들의 판단을 흐리게 하고 불확실한 정보에 매료되어 엉뚱한 결과를 낳기도 한다. 소문이 사실인 양 둔갑하여 알려진다면 오보가 판정 났을 때 사과하는 것으로 해결이 되는지도 따져 보아야 한다.

불확실한 정보가 일파만파로 전해졌을 때 당사자가 입는 상처는 어떻게 치유할 수가 있는가를 깊이 생각하는 자세가 중요하다.

검증이 되지 않은 비하인드 스토리는 순식간에 사회를 오염시키고 당사자는 그 피해로 인하여 견딜 수 없는 고통을 당하게 된다. 남을 모함하기 위해 또는 구렁텅이에 빠뜨리기 위해 픽션화하는 이야기꺼리는 우리 주변에서 추방되어야 한다.

문학 작품인 시, 수필, 소설 등의 장르들은 작가의 픽션의 세계를 들락

날락하면서 창조된 것들이 많음을 우리는 잘 알고 있다. 픽션의 세계가 현실의 세계로 탈바꿈하는 것은 사람들의 선택이지만 이 사회는 진실에 바탕을 두고 건강하고 튼튼하게 굴러가야 하는 것이 기본이고 이치이다. 비하인드 스토리는 인간의 내면세계와 훨씬 가깝기 때문에 누구든지 공개를 꺼리게 된다. 세상사는 단순하지 않고 복잡하며 얽히고설킨 난해한 문제들이 산더미처럼 쌓여 있다. 살아 있는 한 우리는 그것을 짊어지고 갈 수밖에 없다.

비하인드 스토리는 진실성에 근거하지 않고 만들어진 얘기가 이리저리 옮겨 다니면서 뼈대가 형성되고 살이 붙고 뿔이 나기도 하고 수염도 날 수 있고 귀신의 탈을 쓸 수도 있는 가변성이 강하기에 믿거나 말거나식이다.

비하인드 스토리는 정치 계통이나 연예 세계에서 급조되는 경우가 비일비재하다. 우리는 비하인드 스토리에 귀를 기울일 필요는 없다. 아니 반타작하는 것도 후하게 값을 쳐 주었다고 생각해도 과장된 말이 아니다.

비하인드 스토리는 일시에 사람을 바보로 만들 수 있고, 공들여 쌓아 놓은 탑을 산산조각 나게 할 수도 있다. 내 경우라면 어떨까?라는 전제를 달고 신중한 대처를 해야 할 것이다.

7. 삶의 뒤안길에는

가던 길 멈춰 서서 그동안 달려온 길을 응시하니 만감이 교차한다. 하지만 산사(山寺)의 탑 쌓듯 정성스레 살아온 날들이 주마등처럼 떠오른다.

세월의 흐름에 녹슬고 부서지고 빛이 발해서 가물가물하고 희미하다. 어쩌면 그동안의 갈지자 발걸음이 또렷하지도 않고 선명함을 잃었지만 되돌릴 수 없는 과거로 묻혀 버렸다. 구름과 함께 흘러가고 바람과 함께 날아가며 냇물과 함께 떠내려간 지난날이다.

격랑과 혼돈과 애증의 나날들! 거기에는 예쁘고 화려한 꽃길도 있었다. 아름다운 숲길도 침묵과 함께 걸었었다. 발 딛기 어려운 자갈밭 길과 가시 돋친 험난한 길도 얼떨결에 헤쳐 가는 용기도 숨어 있었다.

환등기에서 슬라이드 넘기듯 제각각의 장면들이 화면에 인쇄된다. 여러 편의 감동 어린 영화를 찍고도 남을 갖가지 소재들이 넘쳐난다. 내 삶의 성적표를 누군가가 매긴다면 수 우 미 양 가가 골고루 뒤섞여 왔다 갔다 해도 이상할 것 없는 난세의 S자형 길이고 W자형 길이었다.

삶을 이어 감은 감동과 환희도 있지만, 수도자들이 겪는 고행이라는 쉽지 않은 길도 뒤섞여 있기에 늘 긴장함은 필수이다. 누구나 앞을 향해 무조건 발을 딛지만 사는 방법은 저마다 각양각색이고 복잡다기하다. 더구나 지름길은 보이지 않고 어지러운 초행길이 혼란을 부추긴다.

우리는 태어날 때 예사롭게 그저 평범하게 태어난 것은 아니다. 특별한 임무를 띠고 살아가야 할 의무가 있고, 뭔가 그 흔적을 남김이 조상에 대한 보답일 것이다.

물론 누구나 부모가 지어 준 이름을 갖고 평생을 살아가기에 이름을 남기는 것이 첫째이다. 그렇다면 둘째 셋째 내 생애에 무엇을 남겨야 하는지 곰곰이 생각해 보자.

명예를 남길지, 재산을 남길지, 그 뭔가 메시지를 남겨야 할지 긴 명상을 통해 찾아내야 한다.

우리는 정들고 애달픈 이 땅에 영원히 활동 무대로 살아갈 수는 없다. 일정 기간을 값지고 보람 있게 살다가 이승에 그 흔적을 뚜렷하게 남기고 저승으로의 장소적 이동을 해야 한다.

우주에서 인간을 보면 미세하고 보잘것없는 미물이나 먼지에 불과하다. 우리는 나름대로 활동의 바운더리는 컸겠지만 죽으면 흙으로 돌아가야 한다.

결국 영혼은, 또 다른 우주의 어딘가로 날아가서 아무것도 남지 않기에 남겨야 할 그 무엇을 끊임없이 찾아내야 한다. 이 땅에 존재감을 드러내고 위대한 생애였다는 것을 확인해야 한다.

당대에 같이 살아가는 사람들에게 또는 후세에 오는 사람들에게 나는 이렇게 멋지고 아름답게 살았노라고 자랑할 수 있어야 한다. 내가 내세울 것 없이 지지리 못난이로 살았으면 그건 비극이다.

나의 뇌리에서 지워져 가는 지난날은 마치 계주를 하듯 앞만 보고 달려온 나날이었다. 달리는 도중에 내외적으로 앞을 가로막은 거추장스러운 구조물이 여기저기 놓여 위험에 맞부딪치면서 전진을 거듭한 느낌이다. 삶에 지지 않고 이기기 위해 전후좌우 볼 필요 없이 그걸 지혜롭게 뛰어넘을 기지가 필요했다.

인생은 한 번 더가 존재하지 않기 때문에 어쩔 수 없는 선택이라고 자부하면서 오직 나를 부각시키기 위한 생애를 꾸려 왔다.

그 길은 초행길이기에 낯설고 겁도 나고 걱정도 태산 같은 실험의 길이지만 그렇다고 가다가 중지 못 하면 아니 감만 못 하기에 위험을 무릅쓰고 걸어오는 싸움마다 다툼이 넘쳐났었다. 승리와 패배가 확연히 구분되어지기도 했지만, 승패가 아리송한 경우도 뒤범벅이 되어 섞여 있다.

인생의 여정에서 저항의 계절은 누구에게나 한 번쯤 겪게 되는 홍역이다. 옳은 것도 부정하고 바른 것도 삐딱하고 얄상한 논리로 부정하고 심지어는 진리마저도 거부하는 못된 송아지 엉덩이에 뿔난 경우도 꽤 많았다.

모든 것이 아리송하고 그대로 받아들일 수 없는 반항의 논리, 그 칠흑 같은 수렁에서 주저앉는 패배도 경험했다. 그러한 험난한 삶의 과정을 지나면서 성숙하게 되고 완벽한 제자리를 찾아가는 데는 많은 시간이 흘러야 했다.

누군가를 사랑하고 싶고, 좋아해서 사귀고 싶고, 만지면 터질 것만 같은 기기묘묘한 젊음의 사춘기 그때도 경우의 수는 너무 많고 화려했었다.

쉽게 넘어가는 사람도 있지만 지독한 열병을 앓고 광야를 헤매며 방황하는 그래서 마음을 잡지 못하고 허공을 떠다니면서 이리 갈까, 저리 갈까를 반복하면서 안타깝게 살아가는 슬픈 사람도 있었다.

마치 귀신에 홀린 듯 동에 번쩍 서에 번쩍 자리를 못 잡는 젊음의 시련이고 아린 계절이었다. 저마다의 꿈을 품고 키워 나가기로 약속한 우리는 언젠가 약속한 날을 지정해서 우리가 어떻게 변했는지 확인해 보기로 했었다.

그것은 죽음이 우리를 이 세상에서 갈라놓기 전에는 반드시 만나서 살아온 이야기를 정겹게 나누며 코흘리개 어린 시절에 우물 안 개구리들이 우물 안을 탈출해서 어디에서 무엇을 하며 어떻게 살았는지를 토해내기로 했지만 결국은 허튼 약속으로 없었던 일이 되고 말았다.

직장은 어느 분야에서 어떤 일을 하면서 보냈는지, 누구를 사랑해 보았는지, 그 사랑의 역사로 있는 그대로 조잘조잘 해 보리라. 누구는 어떻게 해서 결혼을 했는지를 말해 보라. 지금도 아무 탈 없이 잘살고 있는지 아니면 이혼을 했는지 사별은 하지 않았는지 재혼을 경험해 보지 않았는지 등 알고 싶은 마음이 굴뚝 같았다.

그리고 자녀를 얼마나 두고 그들은 성장해서 지금 무엇을 하고 있는지도 소상히 듣고 싶었다. 자신을 완벽하게 드러내 보이면 밤을 새더라도 들으리라 다짐했었다. 그러나 그건 물거품이었다.

나는 요즘 나이 들어, 나 혼자만의 싱글 여행을 떠나고 싶다. 싱글 여행은 open된 상태이므로 만나는 사람이 누구이던, 아무런 구애를 받지 않고 다양한 계층의 사람들과 소통하면서 세상을 보는 눈을 크게 할 수 있는 절호의 찬스라고 생각한다. 마음의 벽을 쌓고 소통할 생각이 없다면 모르지만, 누구라도 맘껏 교류할 수 있음에 흥분되고 자기 충족적 예언으로 내 가슴의 한구석을 비워 놓아야겠다고 생각한다.

현자를 만나면 내가 지금껏 생각하지 못했던 인생길의 서광이 비칠 이야기를 듣고, 저장하고 알지 못함에 대해서는 문답 과정을 거쳐서 알곡 같은 충언을 내 안으로 끌어들이겠다고 다짐한다.

반대로 나보다 어리고 세상을 적게 산 후배를 만나면 내가 스승이 되어 그를 인도할 이야깃거리를 대충 정리해서 코멘트해 줄 생각이다. 그러면 으스댈 수도 있을 거라고 입가에 엷은 웃음을 띄워 하얀 이를 드러

낼 것이다.

인간 삶의 길에는 일일이 나열할 수 없는 수많은 이야기가 존재한다. 시작부터 삶을 되돌아보는 그 순간까지, 치열했던 삶의 궤적이 열거되면 누구나 평정심을 잃고 심적 동요가 일어나 격해지는 감정을 맛보게 된다. 계획하고 도전하고 실패하고 또 도전하고, 성취감도 느끼면서 수많은 과정을 거쳐 온 삶에 대한 연민 때문일 것이다.

계획대로 되지 않는 삶에 방황하고 좌절도 하면서 인고의 시간을 보내며 사람으로서의 향기를 잃지 않으려고 참 많이도 애쓰고 살아온 날들에 대한 격려도 자찬도 당연하다고 생각할 것이다. 삶의 경건함에 순응하며 열심히 살아온 나의 삶 또한 그 과정을 거쳐 오늘에 이르렀기에 비슷한 감정을 느끼게 된다.

돌아보니 행복하기 위해서, 사랑하기 위해서, 뭐뭐답기 위해서 살아온 내 삶의 가치에 만족감을 느끼며 부족했던 내 역량(力量)과 세심히 살피지 못했던 내 자질(資質)과 여유롭지 못했던 내 조급함에도 자성(自省)의 마음을 가진다. 좀 더 마음의 여유를 가지고 살아도 되는 삶이었는데 여백의 미를 잊고 산 것에 대한 아쉬움이다.

8. 조강지처(糟糠之妻) 그 짝꿍

혼인의 연을 맺은 신랑과 신부는 결혼식에서 주례를 증인으로 혼인 서약을 한다. 신랑과 신부는 흑발이 백발이 되어도 오직 당신만을 사랑하겠다고 엄숙하게 약속을 하고 지킬 의무도 갖게 된다. 그러나 세월이 흐르면서 그 사랑의 맹세는 뇌리에서 지워져 가고 빛을 잃어 간다. 다소곳하고 부드러웠던 마음은 가슴에서도 엷고 희미해져 간다.

연애 시절 서로에게 맞는 평생의 짝을 찾기 위해 상대방을 두 눈으로 보았다면, 혼인 후는 한 눈으로 보는 연습이 가정의 행복과 평화를 얻는 지름길임에도 그걸 실천에 옮기지 못하는 결손인이 되어 간다. 더구나 가정에 아이가 태어나면 결혼이 환상 속의 신기루를 찾는 것이었다는 것을 깨닫게 된다.

처음 아이를 기를 때는 우리의 분신이라는 끈끈한 정과 아이의 귀여운 재롱에 어쩌면 꿀맛 같고 짭짤한 재미와 삶의 진수를 느낀다. 하지만 양육 과정은 생활의 자유를 박탈당하고 아이의 생활 습관에 맞추며 살아야 하는 고행의 연속이기 때문에 힘들고 때때로 지치게 되며 가슴이 저려 오기도 한다.

감행하기 어려울 정도로 양육비 지출이 늘어나고 아이 곁에서 잠시도 눈을 뗄 수 없는 상황이 전개된다. 그래도 우리 세대는 결혼 생활의 고행을 감수하면서 아이도 기르고 부모도 공경하며 미래를 개척해 나갔다.

지금의 신세대는 결혼에 대한 생각이 어떨까를 살펴보면 결혼은 필수가 아닌 선택이고 아이도 낳을 필요 없이 둘이 재미있게 살면 된다는 자아 중심적 사고에 흠뻑 빠져 있다.

우리는 신세대의 이기적 행동에 대해 날 선 비난에 앞서 왜 이런 현상이 벌어졌는지 근인과 원인을 함께 찾아 해결해 나가는 방법론을 강구해야 한다.

이는 민족의 영속성 유지와 국가의 지속적인 발전 그리고 사회의 안정 유지와 가문의 대를 잇는 책임과 의무가 따르는 화급한 한국의 과제이기 때문이다.

조강지처(糟糠之妻)는 가난하고 힘들 때 고생을 함께하며 부군의 곁을 지켜 준 아내를 지칭하는 말이다. 술지게미조. 쌀겨강. 어조사지. 아내 처로 조악한 음식을 먹으며 온갖 고생을 이겨 낸 인생의 동반자인 소중한 사람을 일컫는다.

후한 시 송풍 전에는 이런 문구가 있다.

貧財至交 不可忘

가난하고 천할 때 사귄 친구는 잊어서는, 안 된다.

糟糠之妻 不下堂

가난할 때 함께 고생한 아내는, 내보내서는, 안 된다.

위는 평생지기 아내에 대한 철학이 담긴 보석보다 더 값진 교훈을 우리에게 전하고 있음을 귀감으로 삼아야 한다.

우리는 조강지처의 소중함과 고마움을 때때로 잊고 살아간다. 생사고락(生死苦樂)을 함께할 조강지처를 때론 홀대하고 천대하거나 구박할 때도 심심치 않게 있었음을 미안하게 생각해야 한다. 그리고 참회록을 작성하여 예쁜 편지 봉투에 넣어서 고마움과 감사함을 전달해야 한다.

남녀 간의 균형, 남편 아내 간의 균형이란 문제는 오랜기간동안 논란이 있었지만 지금도 등식의 성립은 아직 멀고 명확한 평등의 확보는 과제로 남아 있다. 그것은 링컨의 노예 해방 운동이 1863. 1. 1. 선포되었지만 지금도 흑백의 인종 평등은 골치 아픈 난제로 남아 있는 것과 같은 맥락이다.

우리는 나이 들어 심적 위기와 건강 위기에 처한 아내들을 보듬어 주어야 한다. 아내의 푸념은 팔다리 성하고 펄펄 날던 젊은 시절은 눈 깜짝할 사이에 어디론가 가 버리고 이젠 예전만큼 몸이 따라 주질 않으니 슬프기만 하단다.

여자들은 아파서 죽을 것 같다고 말은 하지만 남자들보다 평균 수명이 6~7년은 길다는 것이 통계로 나와 있다. 동네 할아버지는 잘 눈에 뜨이지 않아도 할머니들은 넘쳐나는 걸 보면 남자보다 여자의 수명이 긴 것은 부인할 수 없다. 장수는 여자의 관리 능력의 징표이다.

아내와 소소한 문제로 침묵하고 대화를 거부하고 소리 지르고 성질을 있는 대로 냈던 지난날이 부끄럽고 안쓰러워 고개를 숙이게 된다. 같이 살면서 행복을 느끼고 미래를 열어 가려고 시집왔는데 아내를 내 편의대로 부리고 속박하진 않았는지 거듭해서 나를 들여다본다.

아내는 조강지처라는 타이틀을 갖고 평생을 같이한다.

아내는 자신의 밥상은 보잘것없어도 남편의 밥상은 영양가를 고려하여 골고루 입맛에 맞게 준비한다. 시장에서 먹거리를 준비할 때에도 남편의 기력에 좋고 신선한 것을 시장 곳곳을 누비면서 구입하려고 애쓴다. 자신보다는 가족 건강을 우선으로 하여 알뜰살뜰 가정 경제에 애쓴다.

나는 조강지처인 아내에게 고마움과 그 은덕을 갚아야겠다고 마음먹고 그 방법을 궁리하고 고심했었던 어느 날 아내가 자기 이름으로 집을 갖고 싶다는 얘기를 어렵게 꺼냈다. 그 이유를 들어보니 신용카드를 하나 더 만들려고 하니 재산이 없다고 거절하더란다. 그때 슬픔이 북받쳐 올라 엉엉 울었다는 것이었다. 나는 그 이야기를 듣고 '그래 이거다.' 지금 거주하고 있는 아파트를 아내 이름으로 증여하는 절차를 밟기 시작했다.

기꺼이 아파트 명의 이전 절차를 마치고 등기 서류를 아내에게 넘기니 내 마음은 날아갈 듯 상쾌했다. 아내에게 진 빚은 작지만 갚았다는 것이 마음 뿌듯한 것이다. 아내의 기뻐하는 모습을 보니 한결 마음이 가벼웠다.

아내는 평생을 내 곁에서 말동무 길동무가 되어 나를 응원하고 든든하게 지켜 준 소중한 사람이다. 아내의 헌신이 바탕이 되고 힘이 되어 오늘의 어엿한 내가 있는 것이라는 것을 남자들은 잊어서는 안 된다. 아내에게 경건한 마음으로 감사함을 표하고 아내를 존중하는 마음을 가지고 인생의 길을 함께 걸어가자.

9. 사선(死線)에서

이 글은 두 번의 대수술 그리고 중환자실에서 사투를 벌인 나의 값진 경험을 독자님들과 공유하고 건강의 중요성을 알리기 위해 쓴 실화이다.

겨울로 들어선다는 입동(立冬)은 마치 고뿔(감기) 공화국의 시작을 알리는 팡파르를 연상케 하듯 요란스럽게 온다. 입동(立冬)을 기점으로 지루하고도 긴 고뿔과의 전쟁에 사람들은 힘들어하기도 하고 지쳐 드러눕기도 한다.

고뿔은 겨울 내내 사람을 가리지 않고 심술을 부리다가 다음 해 입춘을 지나면서 조금씩 수그러드니 내내 긴장의 끈을 놓을 수가 없다. 흔히 일컫는 환절기가 찾아오면 고뿔은 시도 때도 없이 남녀노소를 가리지 않고 슬금슬금 접근한다. 마치 겨울날 함박눈 내리듯이 고뿔은 소리 소문도 없이 불특정 다수를 찾아 상황을 살피며 괴롭힐 구실을 찾는다. 더구나 고뿔이 소인(小人)과 노인을 선호하는 것을 보면 능청맞고 꾀가 많은 산 짐승 여우와 닮은꼴이다.

고뿔에게 얼떨결에 문을 열어 주면 초기에는 주인과의 얌전한 샅바 싸움을 시작으로 곧 힘겨루기에 들어간다. 주인이 저항할 힘이 부족하고 기력이 달린다고 판단되면 고뿔은 그의 주특기를 유감없이 발휘함은 물론이다. 주인에게 고성을 내고 구박하고 린치를 가하면서 조폭처럼 야단법석을 떤다. 우리 몸의 면역 체계도 고뿔의 횡포 앞에는 맞붙어 겨루지만, 나중에는 기진맥진해서 그로기 상태로 빠져든다.

고뿔은 바이러스로 인한 호흡기 계통의 병으로 두통, 발열, 기침, 코막힘, 편도선 비대 등을 동반한다. 고뿔은 흔한 병이기에 이삼일 고생하면 낫는다는 안이함이 자리 잡고 있다는 것이 고뿔과의 싸움에서 큰 문제가 된다.

고뿔은 찰거머리와 같은 특성이 있어서 우리 몸의 면역 체계와 약의 힘을 가미하더라도 쉽게 물러서거나 굴복하지 않는다.

'고뿔은 만병의 근원'이라는 옛말이, 이전에는 내 가슴에 대못을 박듯이 와닿지 않았었다. 그것은 선천적인 약골에다가 환절기에는 고뿔을 달고 다니고 연례행사 치르듯 했으니 대수롭지 않은 말로 치부했음은 당연하다. 병치레를 자주 하는 허약 체질일 경우에는 그 말에 귀를 기울이고 대처 능력을 모색하고 긴장의 끈을 늦추지 않아야 한다.

사람이 성장하면서 몸이 아프면 슬픔이 밀려오고 만사가 귀찮아서 자기 몸을 다스리는 것을 소홀히 하는 경향이 있다. 그러나 늘 긴장하고 경계심을 가지면 병은 멀리서 논다는 것을 잊지 말아야 한다.

생애 위기는 어느 날 갑자기 우리 곁에 다가온다. 사전에 위기 상황을 감지하면 시나리오를 작성해서 대비하지만 예상 밖의 위기가 들이닥치면 당황하게 되고 어쩔 줄 몰라 이리 비틀 저리 비틀대기도 하는 것은 보통이다. 꽉 막힌 탈출구를 모색하기 위해 묘안을 구상해 보면서 밤잠을 설치고 오만 가지 잡념이 돌고 돌면서 해결책을 기대하지만, 괴로움은 한계를 벗어나서 혼돈에 빠지게 된다.

중환자실에 들어오게 된 경위는 복잡하지 않고 간단한 고뿔이 원인이었다.

나는 평일에 시골 교장으로 근무를 하고 주말에는 외곽 순환 도로를 달려서 집으로 와 가족과 만난다. 발병 당일, 오고 가는 길에 평소와는 다르게 몸이 찌뿌둥하고 이상한 느낌이 감지되었다. 고뿔 몸살이려니 생각하고 가정상비약을 복용하고 일찍 잠자리에 들었다. 그러나 펄펄 끓어오르는 몸은 체온 40도에 육박하고 진통은 말할 수 없는 고통을 수반했다. 가지 않는 시간을 재촉하는 내 마음은 두려움 그 자체였다.

다음 날 서둘러 주말 당번 병원인 상동의 한 내과를 찾아 고뿔약을 처방받고 껄끄러운 몸으로 시골 학교 관사로 다시 내려왔다. 평소에 고뿔을 우습게 봤던 경향은 몸조리에 허점을 드러내서 악화일로로 가고 있었는데 대비책이 부족했던 걸 후회한다.

사흘 뒤 나는 관사에서 정신을 잃기 직전, 기숙사 관리 교사에게 전화하여 응급실로 옮겨 줄 것을, 요청했다. 새벽에 나는 도립병원 응급실에 입원하여 이비인후과 전문 의사의 인후농양 판정과 함께 빨리 큰 병원으로 이송하여 대수술을 받아야 한다는 진료 의견을 전달받았다. 서둘러서 주소지의 대학 병원을 향해 고속도로를 달리며 만감이 교차되었다. 곧바로 응급실로 직행한 후 입원 수속 후 입원실을 배정받았다.

각종 검사가 신속히 행해지고 시간을 다투는 응급 수술이 결정되었다. 그러나 이비인후과 의사 중에는 인후 전공 의사가 없었다는 것은 수술 실패 후에 알게 되었지만 이미 때는 늦고 말았다.

인후농양의 급성 종양 덩어리를 제거하는 대수술은 실패로 끝났다. 이비인후과 의사가 6명이나 있는 대학 병원에서 환자의 수술 부위를, 진료 판단 실수로 엉뚱한 곳을 째서 봉합했으니 말이다.

나는 1차 수술 실패 후 회복실과 입원실로 가지 못하고 중환자실로 화급을 다투는 위기 상황에서 급히 이송되었다. 전신의 통증으로 인하여 몸은 안정을 상실하고 호흡이 거칠기 때문에 산소 호흡기에 의존해야 했다. 그러나 갑갑함은 견딜 수 없이 고통이 따르고 정신착란증 환자처럼 묘한 행동도 마구 해대는 차마 눈뜨고, 볼 수 없을 광경이 가족들을 놀라게 했다.

대수술 후 전개되는 상황이 얼마나 위급했으면 피를 닦아 내지도 못하고 피투성이가 된 채로 중환자실로 달려가는 내 모습이었다. 불이 났으니 소방차가 달려와서 불을 꺼야 하는데, 당시 집도한 의사들은 서로 얼굴만 쳐다보고 할 말을 잊고 있었으니 그걸 상상해 보는 마음 아프기만

하다.

하늘은 스스로 돕는 자를 보살피듯 긴박하게 2차 수술이 시행되었다. 수술 집도의는 이곳에서 인후농양을 전공한 박사님이 맡아서 성공적으로 시행되었다. 이제는 장례식을 치룰 수도 있다는 걱정이 사라지고, 가족들의 웃음을 찾기까지 숱한 고비고비를 넘어야 하는 고통이 지금 생각하면 안쓰럽기만 하다.

내가 중환자실에서 사선(死線)에 서리라고는 꿈에서도 상상할 수 없었다. 살아오면서 의사의 칼질로 수술이 성공하여 회복실을 거쳐 입원실로 온 경험은 있었지만, 중환자실로 이송된다는 것이 믿어지지가 않았다. 인후 전공이 아닌 귀, 코 전공 의사의 수술 실패는 예견된 사실이고 실제로 실패 그 자체였다.

수술 후 이제는 위기를 넘기고 가족들과 단란하게 살리라 기대했는데 아닌 밤중에 홍두깨라고 죽음을 앞둔 상태에 직면했다. 그러나 사람의 목숨은 끈질긴 것으로 쉽게 끊어지지 않는 속성이 있다. 나무의 줄기를 싹뚝 잘라 내도 옆에서 끊임없이 새순을 틔어 살아나려는 몸부림이, 피조물에는 생존 프로그램이 입력되어 있음을 알게 된다.

엎친 데 덮친 격이라는 말이 있듯이 인후 즉 목은 수술했기 때문에 전혀 음식을 먹을 수도 없고 삼킬 수도 없는 문제에 봉착하는 괴로움이 더해졌다. 할 수 없이 비위가 약한 나는 코를 통해 영양 공급을 받는 방법밖에는 없는데 이 또한 여러 번의 시도에도 설치 자체에 실패만 거듭할 뿐이었다.

수액 공급을 통한 링거 주사로는 한계가 있기에 이 또한 문제가 되었다. 링거를 세 군데, 팔뚝에 꽂다 보니 주사 꽂을 곳이 없어서 혈관을 찾는 데 어려움이 따랐고, 발목에 꽂아야 하는 상황이 발생 되었다. 또한, 잠잠하던 위궤양이 불규칙한 식사 패턴으로 재발하는 상황이 엎친 데 덮친 격으로 나를 힘들게 압박했다.

위내시경 검사를 수시로 받아야 하는데 수면 내시경은 허약한 환자에게는 깨어나지 못하는 위험성이 따른다는 의사의 견해가 있었다. 수면 내시경 자체가 불가능하고, 일반 내시경밖에는 검사 방법이 없다고 못 박았다. 일반 내시경 3회 검사는 비위가 유난히 예민한 나에게는 고통일 뿐이었다.

끝까지 수면 내시경 검사를 주장하고 의료진은 불가하다고 팽팽하게 맞서다가 의사는 그럼 죽어도 좋겠냐고 으름장을 놓는 바람에 내가 항복하고 일반 내시경 검사를 받아들였다. 견딜 수 없이 계속되는 구역질에 의사는 학을 뗄 일이라고 엄포를 놓으니 난 정말 죽는 것이 더 낫다고도 생각했다.

먹지 못하다 보니 몸은 점점 쇠약해지고 말라만 갔다. 70kg의 몸무게가 50kg로 몰골이 사나울 지경이었다.

의료진은 피가 부족하기에 피 주사를 맞아야 한다고 말했다. 이 또한 오랜 시간 피 주사를 맞는 일은 갑갑하기만 해서 망설였다. 죽음의 길로 단계를 밟아 간다는 생각이 전신을 지배하면서 이 또한 응할 수밖에 없었다.

중환자실에서 사흘을 지내는 동안 내 몸의 갈증은 하늘을 찌를 것 같았다. 생전 처음 중환자실에 실려 왔기에 분위기도 생소하고 언제 끝날지 모르는 생명줄에 대해 불안이 엄습하지만 그것을 이겨 내는 것 또한 살기 위한 첫 번째 고비를 넘기는 것이다.

머릿속으로 "나는 지금 단계에서 죽을 수는 없어. 아이들도 아직 새 가정을 꾸미지도 못했고 정년 퇴임도 아직 남아 있는데 여기서 생을 마치는 것은 있을 수 없어. 저승사자가 나를 데리러 온다 해도 맞서 싸워서 내쫓아야지. 동행할 수는 없는거야."라고 단호한 결심도 해 보았다.

중환자실에서의 갈증을 이기기 위해 얼음 덩어리를 계속 입안에 물로 있어야 하기에 하룻밤을 지내는 데 얼음 덩어리를 세 통을 소모시켜야 했다. 간호 수녀님이기에 군말 않고 얼음 덩어리를 계속 공급해 주고, 고통을 이기려는 몸부림에, 응원을 하는 그 선한 모습의 수녀님이 고맙기만 하다.

회진 의사가, 간호사에게 내일부터 아침 6시에 영상 촬영실에 가서 목 윗부분을 15일 동안 촬영하라는 지시가 내려졌다. 그 까닭은 목에 있는 염증이 뇌나 가슴으로 전이하게 되면 생명이 끊길 수 있기에 특수 촬영을 통해 염증의 전위 여부를 파악해야 한다는 것이었다.

나는 또 덜컥 겁이 났다. 방사선에 너무 많이 노출되는 것이 좋을 까닭이 없기 때문이다. 그렇긴 해도 이 또한 거부할 수 없는 일이기에 응하고 신에게 매달릴 수밖에 달리 방법이 없었다. 다행히, 전이(轉移)가 되지 않은 것이 신의 가호라고 생각했다.

여러 날 음식을 섭취하지 못해서 말라만 가는 상황에서 궁즉통(窮則通, 궁하면 통한다)이라고 목구멍에 아주 미세한 통로로 떠먹는 요플레가 거부 반응 없이 조금씩 들어가는 것을 발견하고 뛸 듯이 기뻤다. 요플레라도 작은 에너지를 생성하는 데 도움을 줄 수 있음이 천만다행이었다.

재수술 후 이비인후과를 찾아 특수 소독을 하는 것도, 그 아픔은 이루 말할 수 없는 큰 고통이었다. 그 특수 소독이 내 몸의 자리를 찾아가는 데 큰 공헌을 한다는 것이 몸을 통해 감지되면서, 하루 한 번에서 두 번으로 특수 소독의 기회를 늘려 달라고 요청했다.

수술 후 입원 20일이 지나면서 고통은 서서히 줄어 가고 몸이 제 자리를 찾는 듯하자 나는 퇴원 날짜를 의사가 제시해 줄 것을 바랐지만 의사는 좀처럼 말을 아끼면서 침묵으로 일관했다.

갑작스럽게 상황이 악화될 수 있는 병이기에 신중한 판단이 나를 불안하게 했다. 죽을 먹기 시작하고 이어서 밥을 먹게 되고 몸은 빠르게 자리를 잡아 나가는 듯했다. 그런데 퇴원 3일을 앞두고 저녁을 먹은 후 화장실에서 깜짝 놀랄 수밖에 없는 사건이 발생했다.

소변이 온통 피로 범벅이 되어 변기가 새빨갛게 피로 흔적이 젖어 있는 것이 아닌가? 나는 가슴이 철렁 내려앉아 야간 간호사를 호출하여 상황을 점검케 했지만, 다음 날 비뇨기과 예약을 하는 선에서 불안을 덜었다.

다음날 비뇨기과에서의 검사 결과는, 요로결석이 큰 상처를 내서 그런 현상이 생긴 것으로 판명이 되어 안심하고 한숨을 내쉬는 헤프닝이 있었다.

중환자실은 죽음의 벽이라는 한계 상황에 도전하는 공간이다. 생사(生死)가 종이 한 장 차이임을 실감한다. 의사는 드물게 순회 진료를 하지만 간호사는 환우의 곁에서, 생사의 기로에서 고통받고 신음하는 환우들의 벗이 되고 위로자가 되며, 아픔을 덜어 주기 위해 헌신한다.

살기 위해 안간힘을 쓰는 환우들은 절망의 무거움이 지배하는 이 수용소를 탈출하고 싶지만, 마음이 앞설 따름이다.

간호사들은 꺼져 가는 생명에 감로수를 주기 위해 악전고투하면서 그래도 두 눈에는 희망의 섬광으로 불안에 떠는 환우들을 안심시킨다.

중환자실의 의료진과 환우들은 생명을 소생시키는 기적이 일어나길 간절한 마음으로 소망한다. 또한, 환우들의 병세가 호전되어 중환자실을 떠나서 일반 병실로 이동하는 환희를 맛보길 기대한다. 중환자실의 위중한 환우들은 임박한 죽음을 앞두고 영혼을 하나님께 의탁하는 거룩한 의식인 종부성사를 받고 저승에서 펼쳐질 영원한 삶을 준비하기도 한다.

중환자실에서 호스티스 병동으로 옮겨지는 환자들은 이승에서의 하직을 하면서 호스티스들의 따뜻한 사랑을 느끼지만, 그 어떤 말과 위로도 귀에 들어오지 않는다.

이승과 저승은 하늘과 땅 차이이다. 숨이 멈추는 순간 달고 있는 이름표는 저승으로 넘어가게 된다. 죽음의 공포를 이겨 내는 것은 쉬운 일이 아니기도 하고 난해하기만 하다. 도저히 받아들일 수 없고 믿어지지 않는, 왜 하필 내가 이 지경에 놓여야 했는가 그 의문을 추적해 보지만 신의 계시인 듯 어쩔 수 없는 노릇이었다.

생사의 기로에서 살기 위해 발버둥 치는 중환자실의 사투와 무언의 침묵, 언제 어떻게 상황이 변할지 한 치 앞도 내다볼 수 없는 미래를 지켜보면서 세상은 공(空)이요, 욕심일랑 전부 내리라고 큰소리로 외친다.

사람이 아프면 오만 가지 잡생각이 머리를 짓누른다. 이 아픔이 일시적 현상인지 아니면 몸 안에서 뭔가 이상이 생겨서 내게 메시지를 보내는 것인지 감을 잡을 수가 없게 된다. 병의 정도를 알아봐야 하는지 수술을 해야 할 병인지 아니면 병이 깊어서 되돌릴 수 없어서 죽음을 맞이하게 될 것인지 그야말로 머리는 깨질 것 같다.

우리는 일상에서 소중한 나를 지키기 위해 정성을 다하고 신에게 의지하며 씩씩하게 생을 이어 가야 가며 즐거움을 창조하는 삶을 만들어 가야 한다. 그리고 건강 교육하는 곳을 찾아보고 달려가서 강의를 듣자. 교육은 보지 못함을 보게 하고, 듣지 못함을 듣게 하며, 느끼지 못함을 느끼게 하고 행동하지 못함을 행동하게 하는 보물 창고이다.

이 글을 쓰면서, 생사의 기로에 서 있던 내 삶의 순간들을 생각하면 살아 숨 쉬는 일련의 나의 행동들이 얼마나 축복받은 일인지 새삼 느끼게 된다.

일상의 소소한 일들이 그림처럼 뇌리를 스치며 부럽기만 했던, 병상의 시간 속에서, 아무것도 할 수 없었던 처참한 마음이 이 시점에 새록새록 되살아 남은, 건강의 소중함을 되새기고, 존재의 가치에 대해, 감사하라는 절대자의 계시(啓示)일 것이다.

삶은 소중하고 건강한 삶은 절대 가치가 있는 것이다. 그 무엇과도 바꿀 수 없는 건강을 위해 섭생부터 정신 건강까지 잘 챙기며 모든 일에 감사하는 마음을 갖자.

소소한 일 하나라도 감사하지 않은 건 우리 삶에는 없다. 긍정의 삶 또한 건강과 직결되는 자세이다.